目次

本文カット／百田千峰

こんにちわ！ 赤ちゃん

yoshimotobanana.com 4

Banana's Diary

2003,1－2003,6

2003年1月1日

実家にて姉のおせちと餅《もち》。餅好きな私は、お雑煮をいやというほど食べる。

ヒロチンコは自分の実家に帰っていったが、さすがに私は移動できないので、動物の館にひとり……瀬戸内先生の「釈迦《しやか》」をしみじみと読む。

あわてて読みたくなかったので、書評の仕事をお断りしてしまったが、よかったと思う。これからは、そういう仕事はほとんどせず、感想をこういうプライベートな日記の中などに書くようにしようと思う。そのほうがいい。プロじゃないわけだから。前から、ちょっと疑問に思っていたのだ。小説家が小説家の批評をするなんて。

そして、しみいるような静かな文章の中にも官能がにじみ出ていて、ものすごい説得力があって、正月に静かに読むにふさわしい本だった。本当に仏陀《ブッダ》に接したような生々しい感じがする。

変な時間に寝たり起きたり、ただでさえ夜中に何回も起きたりするので（これは臨月だから）、時差ぼけ状態。

そのあと銀色さんの「ぶつかり体験記」を読んで、げらげら笑う。そうそう、近所だから、行ったよ。波動測定、同じ先生だったわ。そしておどされたものだわ。まさにこの気持ち。

そして、貧乏脱出大作戦の特番を見ながら、ひとりでインスタントラーメンを鍋《なべ》から食った。独身男の正月か？ でも楽なので妙に楽しかった。

そしてそのあと狂ったように仕事をした。

もう、産まれてしまいそうで間に合わないかもと思ったからだ。年末にくだらんことがたくさんあったために、予定よりもはるかに遅れていて、かなりあせっていた。もちろん、間に合わなくてもいいのだが、なんとかして、同じトーンの一冊にしたい。自分がそうしたいのでしていることなのだから、いいのだ、仕方ないのだ。

腹は張るし、息は苦しいけど、天職なのでなんとかなるのだ。

ポールのライブを見る頃には、かなり進む。

そしてしみじみと思うのは、ひとりになってみると、いっしょに暮らしている人のありがたみがわかるということだ。ひとりだったら、えんえん仕事をし、好きなときに寝て起きて、ＴＶを観《み》て、それはそれは自由だろうけれど、私は、もうそういう自由はいらない。恋愛なんかもうざい。自由なひとりの時間は、こんなふうにたまにあればいい。自分だけの世界はせますぎる。ぞっとするほど静かな部屋の中、雪まで降ってきて、仕事で自分の内面と限界まで向きあってばたんと寝るとき、淋《さび》しさも手伝ってそう感じた。

1月2日

なっつと実家に行って、お雑煮を食べ、みんなでつい「忠臣蔵」をかなりのところまで観てしまう。松の廊下で何が起こるかすごくよく知っているのに、毎回観てしまうとどきどきする。いやだなあ、武士界。かたくるしいなあ。やっぱり武士に生まれなくて本当によかった。

そのあとひとりで結子の家に行く。

風邪だけど、いっしょに「クイズ$ミリオネア」を観て、軽くおつまみを食べて、ごはんも食べさせてもらって、すごく楽しかった。

ああいう番組はいっしょに突っ込む人がいないと、楽しくない。私たちが組めば百五十万円までは行けるね、という結論に達した。でもみんなそう思っているのだろうな。銭形警部の下の名前を知っていた自分のおたくぶりに驚く。叶姉妹《かのう》にもわからなかったのに……。っていうかわからないほうが、いいような気が。

そして、結子がお茶をいれている間に、ケーブルで「スーパーミルクチャン」をちょっとだけ観せてもらっていたら、このアニメの内容も知らず、一度も観たことがない結子がちらりとのぞきこんで「どういうキャラか全然知らないから、もし失礼なことだったら悪いけど、なんか、もし私がまほちゃんをアニメにするとしたら、この人物を描くわ、なんか内面も似てる気がするの」などと言い出した。

私「今年言われたことの中で今のところいちばんうれしいかも」

超能力者に言われると、感動もひとしお……。

そしてケーブル界での「Xファイル」がついに佳境に入っているね、と語り合う。そういえば、当時、このシーズンを観て、スカリーが突然モルダーの子を出産したのに結構感動して涙した記憶が……それで、子供もいいかも、とどこかで思ったような気が……。

あの時も、ヒロチンコがロスに出張していて留守だったので、一日三本ずつ「Xファイル」を借りてきてずっと観ていた気が……。進歩のない人生。

「ER」ばっかり観てたらどうなっていたのだろう？ わ、わからない。

そんな私の気も知らず、家に帰ったらヒロチンコが「忠臣蔵」の最後を観ていた。ああ、結局私も結構観てしまった、今回の十時間時代劇。そしておすぎとピーコにもうっとりしながら、就寝。

1月3日

熱が下がらない上に、雪が降っている……。実家に行くのをあきらめて、寝ている。寝ていたら、少しよくなってきた。すごく寒い、考えられないほど。そして夕方からいそいそとデビッド・ブレインを見る。なんて、かっこいいのだろう……。カスタネダの匂《にお》いさえ。澤くんからビデオをもらって以来、注目の人だ。ストリートである意味、ストリートでしかできない意味……それは、そのへんに誰かぐるになってネタを仕込んでくれる人がいるということなのではないか？　と思うが、さっぱりわからなくて気持ちいいほど。悲しいが、今回はマリックさん全然たちうちできない。ひきつける力が違いすぎる。煮込まないカニカレーを作って、洋風の晩御飯。

風邪からだいぶ回復してきたので、ラストスパートで仕事をする。意識不明になりそうになるまで、すまない、おなかの坊ちゃんよ。

でも、終わった……。

我が小説人生、産休前は悔いなし。

そして、ここ数年、締め切りのある仕事はしないで子育てに専念する予定。

ひとつの時代が終わった……。それはしゃかりきに働き、自分のことばっかり考え、社会にいろいろな形で参加し、書く以外の仕事も（対談とか書評とか撮影とか）スケベ心でどんどん引き受けて人脈を広げる時代だ。でも、それはもう、行き過ぎるところまでやりとげたので、終わりにしようと思う。

こうなってから「子供をあずけて関西まで来い」とか「子供をあずけて取材に答えて」とか「一月に産むなら復帰は三月ですね！」とかいう依頼がとても多かったのに、驚いた。人の子供だし、それぞれ事情もある。私も別に日記には書かないけど、お金や時間や夫婦互いの親や仕事や育て方のあれこれ、複雑な事情はある。なのに、どうしてそんなことが言えるのだろう？ と思ったのだ。ライフスタイルは千差万別だし、本当に行きたい場所には、子供をあずけてでも行くかもしれないが、それは相手が決めることではない。

現代病だ……。

生まれて死ぬまで時間はみんな自分のものだってハイロウズのマーシーも言ってるし、そのことでは普通に拒み続けて、作品の質を落とさないようにますますじっくりと、あせらずに小説を書いていこうと思う。

1月4日

ヒロチンコの誕生日が近いのと、朝、肉の夢を見たので、渋谷に肉を食べに行く。ステーキみたいな、しっかり焼いた奴《やつ》。

パルコの本屋さんでSWITCHを見つけて「これ、みんなくまなく『立ち読みしました！』って知らせてくれるんだよね」と言っていたら、なんとレジで買っているおじょうさんがいて、しかも声をかけてくれたので嬉《うれ》しかった。

よくわかったなあ……マスクをして腹は巨大なあやしい私を一発で見分けるとは。

感動のあまりとなりでベルギービールを飲む。店の人がちゃんとビール好きで感じがよかった。

運動不足なのでカラオケに行き、ムーンライダースの「鬼火」をしみじみと歌い上げる。

暗い……暗すぎるが、名曲だ。鈴木慶一よ永遠なれ！

1月5日

やっとお休みのペースに慣れたのに、もうお休みは終わり。

あと二週間くらいほしいわ。

日本人にもバカンスの習慣を!!


今日は、体調を見ながら、自分でもすごいと思うが、横浜に行ってヒロチンコの誕生日を祝う。さすがに移動がきつい。しかし、食い物のためならがんばれる……。飲茶《ヤムチャ》を死ぬほど食べたのに、体重が増えない。どうなっているのだろう。

この食い物たちはこの世のどこに行っているのだ？

臨月に入ってから、ぱきっと切り替わるように独特の精神状態になった。ものすごくぼうっとしているのに、どこかがきゅっと冴《さ》えていて、なんていうかケダモノ度アップ。面白すぎる。

1月6日

いよいよ夜二時間ずつしか眠れない。

準備してます、体がちゃくちゃくと。興味深い。そしてボケ度はますますアップ！ほとんど役に立たない。全《すべ》てはメモにとらないとすぐ忘れる。

タマちゃんがさかっていて、しきりにもだえてはビーを誘うが、全然いい感じにならない。そして、犬奉行が間に入って大喧嘩《おおげんか》したりしている。野生の王国だ。

初検診。

特に問題はなし、体重も大丈夫。モニター検査も無事。

先生が「ちょっとなかなかないほどのチンコの大きさだ」と言い、赤ん坊の顔ばかりかチンコの写真まで撮ってくれたので、変わった超音波写真が手に入った。

今、体の中に、ちょっとないほどの大きさのチンコが一本あるなんて、胸がときめく。

子供が大きくなって性的に自信を喪失していることがあったら、この写真をいつでも見せてあげよう……。

1月7日

実家へ。姉が気管支喘息《ぜんそく》になって、ダースベイダーのような音を出している。心配。姉には遅咲きではじけてもらう予定なので、ぜひ健康で長生きしてほしい。これ以上の願いはないというくらい強くそう願っている。

慶子さんとハルタさんも来る。みんなで七草がゆを食べた。うちの七草の特徴は、細かく刻んであって、餅《もち》が入っているという点だ。母があみ出した技らしい。私は子供の頃からそれしか知らないのでそういうものだと思っていたが、みんなが「普通はもっと大きい葉が丸ごと入っている」と言うのを聞いてびっくりする。

ハルタさんが帰省のおりに、姉に微妙な阪神グッズを買ってきてくれていた。誰だか全然わからない微妙な選手たちが数人映っているものさしなど……。すごく変わったものだった。さすが関西だ！

1月8日

クローゼットの修理に軽妙にかけあいをして、失敗をして笑わせてくれたりもするマルクス兄弟みたいな人たちが来る。いや、スーパーマリオというべきか？　楽しい人たちだった。

現場の人たちはいつでもたいてい面白くて賢くて経験が豊富でいい人たちなのに、そのもと締めになっている大きな会社の人たちはまったくお役所的。今回も修理にこぎつけるまで無限の時を費やして、あちこちにたらいまわしにされた。その中に埋もれて失われているそもそもの大切なことはもちろん「なんでもいいから、うちのクローゼットをなおしてほしい、もうどこの会社の誰がどの部品を持ってきてもかまわないし、マルクスでもマリオでも技術があればなんでもかまわない、そんなことであちこちでもめないで、とにかく開きっぱなしで倒れてきたりもするこの扉をなおしてほしいんだ」という消費者のシンプル極まりない気持ちです。

前にクーラーの修理でも同じことが起こり「忙しいし保証期間内は無料だからなかなかなおしに行けないけど、こわしたお客さんが悪いんだから仕方ない」などと言われたことがある。保証期間内に壊れるものを売っておいてだ。

きっと日本は「誰も責任をとりたがらないがお金は欲しい」というこの方式で崩壊してしまうに違いない、といつだって思う。引越しの時も、コジマの時も思った。買うのは簡単、お金を出すのも簡単、でも、お金を出してしまったらさようなら、それを大事に使っていくのはほとんど不可能というシステム。

鍵屋《かぎ》が泥棒とイコールだったりするイタリアをある意味では笑えない。

犬も、子犬でぴちぴちしてたらどんどん売れて、歳《とし》をとったから取り替えてなんていう人がいっぱいいるらしい。ラブ子なんてもう十一歳で、臭いし、毛も古い毛布みたいだけど、一千万円つまれても誰にも渡せないけどなあ。

このことだけには口うるさいババアでいたい。毎回苦情を言っていやがられたい。

そして、クローゼットの修理の楽しい人たち、タマちゃんを見て、

「うわ～、耳が小さくてめっちゃかわいい！ おーい、タマちゃん！」

と呼びかけている。

びっくりした私が「なんで名前がわかったんですか？」と聞くと、

「猫はタマと相場が決まっているから」

ときっぱり答えていた。

やっぱり、見るからにタマちゃんという外見なんだなあ……。タマちゃん、実は外人（スコティッシュ）なのに！

思ったよりすばやく修理が終わったので、しなくてはならないことなどみな放り出

して、喜んで「マイノリティ・リポート」を見に行く。スピルバーグの、私の好きな側面が出ている映画だった。

窮地に追い込まれるエリートをやらせたら、トム・クルーズの右に出る人はいないなあ……。

そして、ウディ・アレンの映画に出ていた女の人が、実に上手に超能力者の役をやっていた。とってもよくできた映画だった。でも、犯人はすぐさま「ああ、この人、悪者」とひと目でわかる外見をしていて「だめだ、そんなことをその人に言っちゃ!」などとやきもきしてこっちのほうが未来予知で疲れた。

1月9日

タマちゃんはさかっているが、まわりには、もう玉もなく相手にしてくれないビーちゃんしかいない。

少し前までペットショップで三十万円クラスのかっこいい王子様みたいなのをよりどりみどりの環境だったのに! 気の毒だ。

リフレクソロジーへ行く。むくみが取れて、汗もたくさん出た。産前最後かな?

と思いつつ、励まされて帰る。出産用のオイルもいただきました。

チャカティカでなっつを待つ間、空腹に耐えかねてこっそりとなっつの大嫌いなぜんざいを食べる。しかもなぜかなっつの大嫌いなサツマイモが入っていて、全然後ろめたくない。それにしても、そのココナッツぜんざいはおいしすぎた。絶妙な塩味と、ココナッツの味と、サツマイモのハーモニー。理想のぜんざいだった。

今の私には危険すぎる食べ物だ。許されれば十ぱいくらい食べてしまいそうだ。

夜は、亡《な》くなった菜摘《なつみ》ひかるさんの本を読み、しんみりとする。

「文藝《ぶんげい》」を見て亡くなったことを知った。くわしいことはわからないのでなんとも言えないが、ああいう仕事をしていた人の文章を読んで思うことは、いつでも似ている。それは、不特定多数の男の人に体を売る仕事を長く続けると、精神のどこかがどうしようもなく疲れて、傷ついてしまって、そのダメージは自分が思っているよりもずっと大きくなっている場合が多い、ということだ。そして何かのタイミングをつかみそこなうと、ダムが決壊するみたいに、命を落としてしまったりする。

他のことでも「身も心も自分が思う以上に疲れていた」ということってたくさんあるけれど、このジャンルに関しては特にはなはだしいギャップがあることが多い。やはりセックスが生命の根源に関わることだからか？　罪悪感がどこかにあるのか？

いやなものを見すぎるからか？　それともどんなことにも人間は慣れてしまうから、いつのまにか行き過ぎてしまうのか。お客がいて、サービスをするわけだから、もちろんいやな奴《やつ》は死ぬほどいるだろう。でも、愛までは行かなくても、客商売のよさが感じられるいい交流もあるだろう。だから、仕事で下品なバカに会いすぎるからと言う問題ではないような気がする。もしかして、この「体を求められて売る」というジャンルだけには、人は、実は慣れるということがないのか。

昔、吉原の近くでバイトしていたときも、そう感じた。単なる水商売の人と、風俗の人の間には、微妙な違いがある。気配の違いとしか言いようがないけど、見るとわかってしまう違いだった。「もしかしてこの人たち、精神的にすごく疲れているのかも」と思うくらいに、現実感がなくて透けているような感じの人が多かった。笑顔を絶やさず、どこまでも受け止める感じだけれど、一回ぷつんと怒ったら人を殺しそうな感じだった。

よほど「これが天職！」という人以外は、なるべく目標金額を決めて、短くやってほしい。

いずれにしても、貴重な文章をたくさん読ませてくれて、ありがとうと思った。

1月10日

松家さんと産前最後の原稿受け渡し。といっても「波」の表紙のアホな原稿だったけれど。

「ハゴロモ」の見本ができてきて大感激。すばらしいできだった。内容の百倍くらい上品な装丁!! 格調高いとさえ言える。増子由美ちゃんの力をまたも思い知った。

そして肉団子にらっきょうが入っているのはどうしても許せないと思いながら、そのほかは全《すべ》てとってもおいしい中華のランチを食べた。絶対にくわいだと思って食べたら、なんとらっきょうだったときの、驚きよ。

松家さんから立ちあい出産の有益な情報をたくさん聞いて、はげみになった。

夜は結子と電話で世間話。「最高に早くても25日過ぎると思うけどな～」とさりげなく予言がおりこまれていたが、さて、どうなるのだろう?

もう私の歩く姿はおすもうさん、腹はいつもつっぱり、すぐ息切れ。おすもうさんはえらいなあ、と心から感じる。これが長年続く上に、運動までしなくちゃいけないなんて! だから貴乃花《たかのはな》みたいに、立っているだけでひざがどう見てもぽっこんと曲がっているようなことになってしまうんだな……。大変だなあ。こんな苦しいことが続いてしかも休場するとみんなに期待されて叱咤《しった》されるなんて、インチキ整体師に頼りたくなってしまうのもよくわかる（はっ、噂《うわさ》の眞相によれば、私も、そんな人に頼りたくなって、しかも結婚まで……！）そして、おすもうさんと言えばあの、モンゴルの人が結婚していたけど、なんてかわいいお嫁さんでしょうと思い、ぴかぴか輝くふたりの顔を見て、久しぶりに「縁談、結婚」というものの真髄を見た気がした。まるできいちのぬりえの「お嫁さん」みたいな女の人だった。

1月11日

まるで猫がお産の前に押入れに入ってしまうかのように……なぜかたんすの中を整理整頓《せいとん》する私。準備してます、って感じ。

ゼリちゃんがトイレのふくらむ猫砂を思い切り食べて、おからと同じ外見のウンコを、バケツいっぱい分くらい、家中のいたるところにする。十回くらい。

そのウンコとは思えない白さとほの甘い匂《にお》いに感心しつつも、一日中片付けていたのでなんだかすごく疲れ果てた。右を見ても左を見ても、ウンコの山が用意されているのだ。しかし、これって、腸の大掃除というか、少しうらやましい……。見るとなんだか彼女のおなかのラインがすっきりしている。おからダイエットだ。

でも、これ以上続くと多分人も犬も病気になりそうなので、猫トイレを泣く泣く撤去する。せっかく買ったのに……。

1月12日

ベビーベッドの設置。でも猫たちが喜んで寝るばかり。上下で二段ベッドとして楽しそうに寝ている。後から来た小さい人は、寝かせてもらえるのでしょうか。

私は昨日の片づけで疲れ果てて、ぐずぐずしていた。しかしただ券があるので、銀座まで出て行って、イタリアンを食べることとする。すごいいやしさというか、根性だ。

しかもその前にバーゲンに行く。

ギャルソンでスカートを買い、ヨウジでコートとセーターを買った。

なんだか、ギャルソンの店員さんは、店舗によっては、すごく、質が落ちたと思う。がさつな感じで、私語ばっかりかわしている。ここのブランドの、しかもローブの服が、デブでだらしない私の私服の八十パーセントをしめているので、こう思いたくないのだが……。

いつもは渋谷西武のきちっとしたおじょうさんたちと本店のぴりっとしたきれいなお姉さんたちに、私のほうが、鍛えられているから、そう思ったのかも。まあこの店舗では私はお得意さんじゃないから、しかたないか。お得意さんじゃないからこそ見えるものを、見てしまったというべきか。

まあ、私とわからない私なんて、本当に謎《なぞ》のおばさんだからなあ……。

そのあとヨウジの店員さんが天使に見えるほどだった。なんとなくあそこの服はアダルトな「男の人が好きな女」の香りがするので、男の人が好きな女になりたくない私はめったに買わないけど、店員さんを見て、なんとなく、男の気持ちが、わかる気がしてしまった。私が、男だったら、あれこれいう理屈をかっとばして、とにかく美しく優しい天使に接客してほしいという気持ち……。フェミニズムの欠点？　でもないし……なんだろう、この気持ち。

日曜のエノテーカ・ピンキオーリは、同伴出勤の華麗な人たちがいなくて、家族連れや夫婦が多くて、なんだかぽわんとした感じ。ちょっとこってりしすぎてるけど、何もかも手がかかっていてものすごくおいしかった。あんこうなんて、ナポリで食べたよりもおいしかった。

壮絶な量のデザートが出てきて、自分の体重がちょっと心配になった。

1月13日

ストレスとぎっくり腰の関係は深いみたい。やっぱり一日中ウンコを片付けてまわったつけがやってきた。あと、靴が合うかどうかもすごく大事みたい。昨日ちょっと小さめの靴を履いていたら、むくんでいる今の私には効果てきめん（？）だったようだ。

自由が丘で植木鉢を持ち上げたら、ぎくっという音がして、直立不動になってしまった。

あわててロルフィングの予約を取り、たまたま電話してきたなっつに迎えに来てもらい、がんばってちらしずしの材料と明日のパンだけ買って帰る。本当は苗木をそのままにしておきたくなかったが、植え替えもせずじっとがまんする。そしたら猫が苗をむしゃむしゃ食べていた。

なっつ「お母さんがどんな思いをしてそれを買ってきたか知ってる？ ビーちゃん」見たら花はみんなビーちゃんの胃袋に入ってしまっていて、ただの観葉植物になっていた。ちえっ！

その後、ロルフィングで、かなり改善され、歩けるようになったので、ヘルシーなちらしずしを作って食べる。

まあ腰は、八キロの荷物を持っていつでも歩いていると同じなのだから、仕方なしですね。

1月14日

フラの見学。

なるべく、じっと目立たぬようにしていたが、サンディー先生に見つかってしまい（？）、無事に出産できるようにとみなの前ですごくはげまされる。本の宣伝までしてくださった。

踊りは尋常じゃなくむつかしく、自分の遅れにちょっとあせるが、あまりにもきれいな踊りとすばらしい歌なので、やっぱり癒《いや》されてしまった。インストラクターの美人の人たちが、あまりにもうますぎる。もう習わなくても見てるだけでいいと思うほど。ほとんどただで見ていて、悪いような気がするほど。

どんとはすばらしいなあ……名曲「波」、聴くたびに涙が出そうになる。途中で先生がうっかり（ここがすてきなところ）本気で歌ってしまったとき、鳥肌がたつほど感動した。

フラを習ってなければハワイに行かなかったし、どんとがそこで亡くなっていなければハワイ本島には行かなかっただろう。そうしたらもしかして子供もできなかったかもしれない。縁とは不思議なものだ。臨月になってこの踊りを習っている（見学だけど）ことにも、縁を感じる。

帰りに、発熱中の顔色も真っ白い慶子さんに、無理やりアイスをおごって別れる。死にそうな顔色なのに「うーん、抹茶！　カップで！　そしてホイップもつけちゃおうかなあ」とか言ってしっかりと考えていたのが、かわいかった。真のアイス好きの選択はさすがにしぶい。甘いもの系新参者の私にはまねできない。

家に帰って澤くんの親戚《しんせき》の店の鯖鮨《さばずし》をいただく。

さすが関西、さすが篠山（？）！　鯖がフレッシュで、かつ分厚い。大満足！

解毒《げどく》から鯖まで、澤くんには妊娠中お世話になりました……。

1月15日

検診。うちのおぼっちゃまは、心拍のモニターが嫌いなのか、いつでもまともにデータが取れず、長くかかる。その間に、ものすごく痛そうな人とか、泣いている人とか、いろいろなものを見てしんみりしてしまった。無事産まれてくる場合ばかりではないし、望んでない妊娠もあるし、お産は悲喜こもごもだ。ここまでこぎつけたことに感謝しようと思う。

子供はまだ下がってきてないが、子宮口はもうかなり柔らかいとのこと。どきどき。

疲れたのでオクラの下でお茶して、アトレでお惣菜《そうざい》を買って帰る。そしてそのお惣菜を食べていたら、私もヒロチンコもにわかに具合が悪くなってきた。ほとんど自宅で食事しかなり薄味で暮らしている私たちなので、この世の食べ物の塩分と油分と化学調味料のすごさにやられてしまった。にわかに視界がせまくなり、思考も目先のことしか考えられなくなり、いらいらする。食べ物の力ってすごいなあ、と思った。デリケートになりすぎるのは嫌いなので、これからもお惣菜は食べると思うけれど、その違いがわかるということはすごく大切かも。

1月16日

ヒロミックスさんから、とてもきれいな布（手編み！）とカート・コバーンの日記がプレゼントとして届いた。なんだか縁起のいいきれいな色なので、病院に持っていって赤ん坊をくるもうと思う。

このあいだは合田ノブヨさんから、完璧《かんぺき》に四角いキダチアロエの手作りせっけんをいただいた。赤ん坊を洗おうと思う……。

結子と、産前最後のお昼ごはん。なんだか寒すぎてお互いに体調は悪いけど、なんとなく感慨深い。

パンなど買って、いっしょに食べる。

自然食のパン屋さんだったので、地味〜に髪を後ろでゆわいて、木の実かなにかでできているでっかい赤いイヤリングをして綿の服を着たお姉さんに「袋をふたつに分けてください」と言ったら、すご〜くしぶい顔をされた。ただでさえ目の前に「買い物袋をご持参ください」とでっかく書いてあるからだ。

これはこれで……なんていうか……。

パタゴニアで高〜いセーターを買って、でも、むきだしで持ってかえるあの時のような、しぶい気持ちに。
中間のことってないのかしら〜と現代っ子らしく生きていく気持ち……。
結子とあれこれしゃべり、今年は仕事がんばろうね（私は無理か……）！　なんて
お互いに言いながら別れる。次に会うときは子持ちだ！　不思議！
結子「その子……出たい出たいってもううるさいほどだよ！」
そうか……出たいのか。私も出したいけど、まあ、もうちょっと。

1月17日
子供の位置が決まらず（？）ずっと痛い感じ。おかしなところにいろんなでっぱりが出ている。これは、中の人もさぞかし「位置を変えたいね」と思っているのではないだろうか。
しかも私のほうは、何か食べると昏倒《こんとう》するように寝こけてしまう。集中力が落ちて、本を読むのも一苦労。文もかなり気をつけないと、つめが甘くなる。これほど人類から遠くなったことがこの人生であるだろうか、面白すぎる。
わずかな量の家事を、一日かけてちょっとずつ、なんとかこなす。

そして、夜はもう何もやる気になれず、ヒロチンコとチャカティカで食べることにする。


まず、あそこまで行くのがもはやたいへん。

でも、トムカーガイがすごくおいしかった。生春巻きもフレッシュでばつぐん。

ここの晩御飯、どんどん味がおいしくなっている気がする。

そしてしばらく食べられないかもと思い、何が何でもココナッツぜんざいを食べる。

あまりにもおいしいのですごくほめたら、店のみなさんが作り方とココナッツ缶をプレゼントしてくれた。ありがとうございました！

　産前は、わらしべ長者のように（違うか？）何かとものをもらえてしまう……ふふふ。家で作ってもあんなにうまくできるかなあ。いや、多分、あの絶妙な味付けとあずきの微妙な量が、むつかしいのではないかと思う。味を頭に焼き付けて、おいしい金時を買えば、なんとかなるかもしれない……。

1月18日
最後の占い、というか相談。

子供が産まれたらなかなか行けなくなるから……と言いつつ、いろいろなことをしているような気がするが、多分これは今だけそう思っているのであって、産まれたら産まれたでしばらくしたらわりとすぐいろいろまたするんだろうなあ。

仕事の種類をしぼることについてだけは、別だけれど。

今年の予定とか、お金のこととか、裁判のこととか、いろいろ。だいたい思ったとおりの結果になってほっとする。私は意外に人間関係を観《み》てもらうことはない。現実的なことが多い。そういうことに関して、自分の視点からでは決してわからない抜けのようなものを知りたいからだ。

今回もあまりにも金額が大きな（と言っても私にとってだけど）話だったので、もちろん現実的に銀行のこととかあれこれ考えたり、くわしい人にいろいろ聞いたりしたあとで、最後のつめとしてふたりの占い師に観てもらったのだ。

ふたりの意見がほとんど誤差なく一致して、やっとほっとした感じ。自分の考えや予想とさほど食い違っていなかったのにも、安心した。

子供は手がかからなくて（すてき～！）エネルギーがすごく大きくて、引越しはどのへんにいつ頃して、っていうことと、動物は下の犬だけが心配、というところも一致。

そこのところは具体的な対策をあれこれ練ることにする。

なんだかにわかにいろいろなことが楽しみになってきた。カウンセリングは大切だ。

そして、私がここ数年「どうしてもこれは解せない、絶対に自分が招いているとは思えない」と思いながらものすごく苦しんできたあることに関して「このことはもう卒業した、もう二度とそれが来ることはない」と言われて、もう、発狂しそうなくらい嬉《うれ》しかった。ものごとには時期というものがあるとは思っていたが、終わる時期もあるのだなあ。

新たな目標に向かってしっかりとつきすすもうと思った。

相談のあとは気持ちを切りかえ（？）、お菓子を食べながら世間話をして楽しく過ごす。お互いの家族構成とか、おしゃれの話とか、恋とか。久々に会ったので、いろいろ楽しく変化していてよかった。

1月19日

大雨の新宿〜、でもバーゲンの季節で人はいっぱい。

マルコムさんが、出産祝いに何かくれたというので、まだ産まれていないが、取りに行く。そうしたら、かわいいルビーのペンダントだった。嬉しいが、もらっていいのだろうか？　高そうだ……。

小林さん「だって、値段もないのに、払われても困ります〜」

そうですよね。大切にします！

小林さんの元気な顔を見て、きれいな宝石を見て、合コンの話などして、化粧品も買い足し、キャンドルも買い、その後には洋食も食べ、日曜日を満喫。そう、夫婦ふたりの最後の日曜かも……。

でも、あまりいつもふたりきりで過ごしている感じがしてないのは、当然だろう。家で食事などすると、いつだって十二の瞳《ひとみ》がじっと見つめているのだから。亀《かめ》まで見ているというのがポイントです。いつでも、ごはんを食べながらふと亀を見ると、目が合うのでおかしい。

1月20日
ついに明日入院するという、まなみのメールが来る。
今回、彼女がほぼ同じ時期に同じ体調でいたことでどれほど心強かっただろう。

まなみは、いつでも絶対に本当に思ったことしか言わない。そして、言葉がはっきりしているのでよく後輩などに誤解されていたし、私も何回けんかしたかしれないけれど、けんかしつつもいつでも、まなみの、人に合わせてうそをつかないところが、大好きだった。

私はお調子者でいつでも適当なので、いつの時代も、学ぶところが多かった。

お互いにいろいろ恋愛沙汰《ざた》を経験したが、それを知っているだけに、彼女がよい伴《はん》侶《りょ》を見つけて、子供を産むことが、何よりも嬉しい。向こうも、そうだと思う。

今回も、まなみがメールで書いてくれたことで溜飲《りゅういん》がさがったり、安心することがとても多かった。絶対にうそをつかないとわかっているからこその安心だ。

それにしてもこの段になって、まなみのところにも殺到しているらしいように「産まれた？」「まだ？」とみんなが問い合わせてくるが、自分にもわからないことなので答えようがないのだった。ただ、まだだとしか……。でも、みんな「今来てます！」と言われたら、どうするつもりなのだろう？

全然腹はたたないが、それだけが疑問だ。

あと、こちらから普通の「原稿はウィンドウズのワードで書いてるってパパに言っておいて～」なんていう電話を武内《たけうち》くんにかけるのさえ、なんとなくためらわれた。

「ああ、驚いた！　産まれたのかと思った！」って、そりゃあ、そうだよね。このタイミングじゃあね。でも、パパが「よしもとさんが使ってるなら、マックにしようかな。参考になりました」なんて、書いてくるからさあ！

もう腹が張って寝られないので、すぐだとは思います……。

そしていよいよ今度こそ産前最後のリフレクソロジー。腰が痛いので、やってもらえて助かった。心をこめて、十五分も長くやってくれた。ほとんど寝こけていたが、足が温まったら、汗が出てきて気分がすっとしたので、さすがと思った。はげまされて別れる。本当にお世話になりました。産後もよろしく！

チャカティカでもランチカレーを食べて、さらに、悔いのないようにバナナケーキを食べた。ほぼ週一で食べてたからなあ、きっと恋しくなるでしょう……。

1月21日

フラの見学。全然もうついていけないのはわかっているけれど、なんとなく見ているだけで違うかな～と。

でも、見ているだけでは全然だめだった。わからなさのあまり、げらげら笑ってし

ますます わからなくなるということもわかった。踊りは、体で覚えなくては！ なのですね。

まいました。さらに「カホロ右、左、手は大きく回す」などとメモを取ると、ますま
すわからなくなるということもわかった。踊りは、体で覚えなくては！ なのですね。
産後、復帰できるかどうか微妙なところだと思う。レベルが高いんだもん……。でも
もう堂々とみそっかすの位置をキープするあつかましさがあれば、大丈夫かな～。そ
ういう度胸こそが、私の人生に必要かも。
　で、びろうな話だが（？）ちょっと重いものを持ったり、急にかがむと股《また》から謎《なぞ》の
汁が出てきてどきどきする……破水？ かと思うけど、続かないから大丈夫だべさ、
と病院に行くのをやめたりしている、ははは。なにぶんわからないことが多くて、は
じめてのことって。
　いずれにしても、すごい臨場感だと自分で思う体調だ。刻一刻と、夜明けが朝にな
っていくような感じで、うつりかわっていく。
　慶子さんとハルタさんから、心のこもった「かんぞうちゃん作のクマ」とカードを
いただく。ありがたいです……家で涙しながら見た。そして慶子さんは価値あるお札
とお守りをくれた。モヨコさんと大野さんもお茶とまぐろをそれぞれくださった。な
んか、出産貧乏かと思いきや、出産財産も着実に！
　そして、安原さん、さようなら。

ごめいふくをお祈りします。私が子供の頃からずっと近くにいた安原さん、「癌《がん》なんて誰だってなるのに、なんでみんな大騒ぎして本とか書くんだよな〜！」と言っていたとおりに、本当に病気を普通に受け入れた安原さん、けんかもしたけど、仲直りした安原さん、最後に会ったときに「いい女になったな〜！」とほめてくれた安原さん……。

最後はあえて連絡もせず、お見舞いにも行かなかったけれど、それでよかったと思う。

絶対に通じていたと思う、この気持ちは。最後の思い出は、元気な姿で。うちの親ともしまいにはけんか別れしていたが、あの人たちも、お互いに、深いところで許しあっているだろう。

産まれる人がいて、死んでいく人がいる。これが人生だ。一見大違いのようだが、どちらが悲しくどちらがめでたいということでは、きっとない。流れていくのだ。

1月22日

検診。先生は「まだまだ！」と言っているが、その「まだまだ」の直後に産まれた人もいますよ……という不吉な話を聞く。

それに、来週を過ぎると、なんと、午前中に毎日のように検診に行くはめになる。起きられないよ！　ということで、泣き落としでなんとか来週だけ、午前中ではない時間に予約する。

そして、家に帰ったらいわゆる「おしるし」が止まらん。これが来ると最短で24時間、最長で一週間でお産が来るといううわさだ。

どーしてくれるんだ、今から焼肉を食いに行くのに！

やっぱり内診で棒を突っ込んだのが効いたか……。もう、これは、いかににんにく臭いお産になろうとも「まだまだ」と言った先生がいけないんだわ。ということにしようと思う。私のせいじゃないってことに。

焼肉屋で破水しようとも、私は行く。そしておじさんとおばさんに挨拶《あいさつ》して、最後のカルビとオイキムチを食べるのら～（ばかだなあ……）。

1月23日

とか言っていたら、案外おさまって平和な雨の午後。慶子さんにフラの振り付けを聞いたりして、ぐずぐず過ごす。

昨日は腹がつっぱってほとんど一睡もできなかったけれど、午後になって三時間ほど寝たらわりと大丈夫。どうせいつも時差ぼけのような日々を送る職業だからなあ。

もちろん！　ばっちりと焼肉も食べた。主にアンキモと、豚肉と、上カルビを……。健ちゃんのおごりで、思う存分。

韓国では産後はわかめスープを飲むといいそうなので、また行こうと思う。

腰と骨盤のためにロルフィングへ。

ぎっくり腰はかなり改善された。なんだか股もだらしなくゆるんだ感じ？　これは、よかったかも。安産かも！

ヒロチンコが寿司をおごってくれた。塩味のイカがおいしかった。しかし私たち、この名目でどれだけの食べ物を食べただろう……家計が火の車？

でもたいていの日は白いごはんにまつのはこんぶと明太子と味噌《みそ》汁《しる》とかいう感じの私たちなので、案外そうでもない。

そうだからこそ外食すると日記に書きたくなるのだ……。

1月24日

なんだか峠をひとつ越してしまったようで、産まれる気配なし。でも、今日はシクラメンを5鉢も仕事場に運んだり、水やりが必要な植木を部屋に移したり、ダンボールをたくさんあけて野菜を保存したり、入院にそなえた。これだけのことをして産気づかないなら、まだだろう。

さらに、病院に持っていこうとCDを編集したりしたけど、録音したムーンライダースの最高に暗い曲(しかもわりと最近の曲……慶一さん、心配。少し前は、近所に住んでいるという噂《うわさ》だったので、通りすがりのおじさんで似た人がいるといつでも緊張したものだが、いつでも違っていてただのおじさんだったものだ)を聴いていたら「これを病院に持っていっていいのだろうか？」と思えてきた……。それにしても私は、やっぱりムーンライダースが好きだとしみじみ感じた。この、声と、そしてメロディ。歌詞のすばらしさ。デビュー時から少しも変わらぬこの才能。つい「モダンラヴァーズ」まで聴きかえしてしまった。く、暗い。でも、いい。

もちろん、どんとさんの曲も入れました。私は、この人に関しても「声」がいちばん好きなんだなあ、と思った。無条件で人の心をふるわせる歌声だ。歳《とし》と共にどんどんよさがわかり、ファンになっていく。「ひなたぼっこ」を涙をにじませずに聴いたことは一回もない。そしてどう考えても、私はローザのライブに行ったことがないということが不自然だと思い、悔やむ。だって、玉城さんも三原さんも後にガンちゃんと住んでたときいやというほど（？）接していたのに……。ゼルダのドラムの人としみじみ飲んだこともあるし、ここまでしていながら、ちょっとした時期のずれで！

糸井さんから、ＳＫＩＰのお米も届く。すごくおいしく炊《た》けた。それと豚汁と大野さんからもらったまぐろが晩御飯。「探偵！　ナイトスクープ」のパラダイスを観《み》て、笑いすぎて子供がぽんと出そうになる。そんなことで産まれたら子供には小枝という名前をつけなくてはならない。その後は、次郎くんが脚本を書いたミステリーを観ながら、犯人を考えつつ食べる。

誕生日辞典を見て「何日に産まれたらどうなるかしら」なんて考えたりする。

思わぬ休暇がちょっと嬉《うれ》しい。

1月25日

ヒロチンコのお父さんからの寄付で、記念に夫婦でポメラートの猫守りを買う。猫が呼んで来た子宝だから。むろん残りは貯金！　私たちの天使、なっつくんに取りに行ってもらう。

そして自分は鍼《はり》と灸《きゅう》に行く。

恐ろしいほど足が冷えていたので、うんとあたたまり、助かった。灸って、こわいくらいにてきめんに効く。効きすぎるほどだ。自分で下手なつぼにやらないように気をつけようとさえ思った。

パスタを作りながら、澤くんの個展のトークショーに参加。聞けば奈良《なら》くんはパリでムーランルージュに行って大喜びだとか。

わかるなあ……あれ、男の人たちが行くと、もう、大喜びで、目をきらきらさせて帰ってくるんだよなあ。今まで三人の「ムーランルージュ帰り」に直後に会ったけど、夢の中にいるような瞳《ひとみ》をしていた。

どうもすごい男の夢がつまっているらしい。うらやましい。

個展もすごく成功しているようで、よかったです！

今夜のメニューは大野さんにもらったまぐろのしぐれ煮を使い、カマンベールチーズとしょうゆと海苔《のり》で味をつけた和風パスタでございました。昨日の豚汁を網でこし、牛乳とごまとブイヨンで味をつけてパセリを入れたスープも作りました。主婦です、完全に。

ひまってすばらしい。あと一ヶ月くらい産まれないでもいいくらい、幸せ……。こんなの十数年ぶりかも。っていうか、これまでがあまりにも間違っていたのかも。忙しくて、幸せを、一日一回も感じない人生は、いけない。

でも原稿はまだ書いています。そしてあと一ヶ月産まれないと4500グラムとかになってしまうので、やはり困る。まあ、来週のうちには産まれるだろう。きっと大雨か大雪の次の日に。彼（赤ん坊）は、妊娠期間中、旅などの嬉しいことがあるとき、いつもそうだった。

1月26日

もう悔いはないです、見ました。どんとの追悼ライブを。すばらしかったです。流れていたどんとの映像も泣かせた。彼はやっぱり輝くスターだ……。そしてローザの時のエネルギーが、ボガンボス後半にはどんどん失われていって、沖縄に行ってすうっと解放されて、また音楽が流れ出す様子が、手に取るようにわかった。早すぎる死だったとは思うけれど、何か自然に流れて消えていったという感じがした。

それにしても、ブリッツのあのすごい急な階段を登るときが一番緊張した。ここで転んだら、これまでこらえてきたことが無駄に！ と思い。

そして、だめもとで楽屋に行こうとして阻止された私たちを、さっそうと現れたアダンのいっさくさんが優しく助けてくれた。男らしくべりっと取った自分のパスを私の腹にぺたりと貼《は》ってくれました。それにしてもそこにたまたま通りかかるなんて、なんてすてきな王子様でしょう。陰で「イッサク」とあだ名で？ 呼んでいたけれど、これからはいっさく様と呼ばせていただきます。一生。

おかげさまで、サンディー先生や先輩たちにも、産休前に挨拶することができた。

それからフラ仲間にも廊下で会いました。私は「今日産まれたらマッカーサーと同じ日か」ということで頭がいっぱいだったので、とんちんかんな受け答えをしてしまったけど、そうです、どんとさんの命日に産まれてしまうと、とってもいいです！

日記を読んでくださり、ありがとうございます。

それから、鹿児島のかわいい人……焼酎《しょうちゅう》、本当に送ってくれるのですか？ くくく。ぜひサイトあてにメールしてから送ってください！ 名前聞けばよかった。我ながらあつかましいかと思って聞かなかった。ＫＵＵＫＵＵだと飲まれてしまいますからね！

「島唄《しまうた》」も生で聴いたし、長年一つ屋根の下で暮らしていたトータス松本さんの変わらずソウルフルな歌もばっちり聴いた。パパの時の顔と違う、天職の顔をしていた。

さらに、私の永遠の憧《あこが》れ清志郎も登場……！

この間、焼肉を食べながら健ちゃんが「最近清志さんは、『忌野《いまわの》清志郎さんは来られなくなった、代わりに同じくらい人気があるセムシーズが出ます』というMCと共に、セムシーズとして現れるのだ」と言っていたのを人ごととして聞いていたが、自分が見るとは思わなかった、セムシーズ。放送ができないほどの、見事なせむしぶりでした……。しかもふたりしかいないのに、すごい迫力。すばらしい歌声と演奏。ああ、あまりにも、かっこよすぎた。彼のすごい自転車も見た。我が青春に悔いなし、我が胎教にも悔いなし。

最後にはサンディー先生と先生たちの、あまりにも美しすぎる「波」も見た。この美しい人たちに習っていることが誇らしかった。「この世がくちても終わりはしない」のところで先生のブレスレットがぱちんと切れたのにも意味を感じてぞくっとした。

先生はすごいです……一生（なにで？　フラで？　いや、それは、下手すぎてそう言えない何かが……とりあえずハートで……）ついていきます～。

それにしても予定日直前にこんなすばらしいライブを見ることができるとは、神のはからいと言わずしてなんと？ フラエンジェルのはからいだろうか、どんとさんのはからいか……。ものごとって、ちゃんとなるようになっているんだなあ。心から信じる気になった、そういうことを。ハワイでできた子供が、サンディー先生のチャントで「もういつ出てきてもいいよ」と言われたような感じだった。

その後、三宿《みしゆく》で香港麵《ホンコンめん》とスペアリブ丼《どん》をがつがつ食べていたら、入院中のまなみから携帯に電話があった。無事産まれたが、急遽《きゆうきよ》帝王切開だったとのこと。へその緒が赤ちゃんの首に巻いてあぶなかったそうだ。聞いていてどきどきしたけど、本当に無事でよかった。それにしてもあの私よりも小さいおなかの中に、1・5メートルものへその緒を隠し持っていたとは！ 人類ってすごい。まさか私は3メートルくらい隠し持っているのでは？ そして本当に本当に無事でよかった……。

自分のことのようにほっとした。すごく気がかりだったので。

そしてこの全てのタイミングがなんとなく「カウントダウン」という感じ……その上、雨まで降ってきた。あやしい感じ！

1月27日

大雨。マーマメイドさんたちがお掃除をしてくださっている間、歩いて近所のカフェにオムライスを食べに行く。

前に、ぐいぐいと鼻を押し付けてくる、店で放し飼いのワンちゃんに卵のかけらをあげたらこってりと怒られたとこ。

なんと今回は床にウンコが落ちていた……。すごいことだ……。まるで、うちにいるようだった。私は、うちと同じなので耐えられるが、他の人は……?

そこで読んだ住宅情報誌にたくさんペット可物件が載っていたので、驚く。そして希望がわいてくる。数年して落ち着いたら、まじめに物件を探そうと思う。

ヒロチンコも明日から産休をとってくれることになって、ほっとする。どちらの実家にも女親がいない(うちはお母さんが病気)ので、手伝ってもらうしかないのだ。まあ、ある程度の時期が来たら、プロの手を借りることもあるだろう。

こういう感じの冬の雨は好き。家で原稿を書いたりして、静かに過ごす。

夜はうちで地味なごはん。サーモンのムニエル。そしてXファイルを観て、寝る。

夜中に何回も腹がつっぱって起きるが、まだ陣痛という感じではない。たくさん夢を見て「もう遠くないな」と悟る。

1月28日

ヒロチンコのお父さんまで、赤ん坊が産まれた夢を見ていた。あやしい……。

高島屋へ行ってお昼を食べるも、書店でめまいがして昏倒《こんとう》。暑くて暑くて！ 他にも暑さで倒れた人がいるそうだ。その二名の尊い犠牲により（？）、館内の温度が少し下がった。

親切に寝かせてくれたりしたみなさん、すみません、ありがとうございました。あ あ、驚いた。目の前が暗くなるんですもの。

復活して意地で本とお弁当とパンとハーブを買って帰る。

そして春菊さんの「目を閉じて抱いて」を五巻読んで、かなり感動する。あまりのエロさに鼻血が出そうになり、子宮も収縮してしまいそうだったが、そういうこととは別に、読みごたえがあった。まあ、よくもここまで、人間というもののあてにならなさ、醜さ、自分勝手さ、孤独さをしっかりと見据えられるものだ。

「私たちは繁殖している」シリーズにも妊娠中ずいぶんと支えられたが、彼女の冷静な観察眼は、環境が作ったということではなく、持って生まれたすごい才能だと思う。

そして、自分を含めて思うが、育っていく過程でどうしようもなく傷ついた経験があると、毎日を生きているだけでも「そうとうがんばっている」状態にある。なので、他の人が甘く見えて、信頼できないので、どうしても持ちつ持たれつができず、ある意味ぐちっぽくなる。もちろん自己憐憫《れんびん》の気持ちもあるので、思わぬところが甘えん坊にできていたりする。さらに、逆境を生き抜いてきたエネルギーが過剰にあるので、なんでも過剰にやらないとどうしても安心できないので、過剰になって、ますますがんばってしまう。しかし、これこそが、ものを創るのには、大切な何かなのだと思う。

それにしても多分、もうお産の前駆期っていうの？　これ。腹が突っ張り、暗いところに入りたくなり、呼吸が変わり、いてもたってもいられず、腰痛、腹痛、しょっちゅう下痢《げり》。

人類の神秘なのら〜。

1月29日

検診。多分最後になるだろうと思い、せっかくなので超音波とビデオを撮ってもらうことにする。

内診で「まだ子宮口は開いてないな」と言われつつ、超音波へ。

すると、なんと、助産婦さんが若干腹のサイズを測り違えていたようで、先生が測りなおしだした。そして「う〜ん、大きいな、こりゃあ、大きすぎる」などと言っている。

まだ予定日も来ていないのに、推測体重が軽く四千を超えていた。痛そうだなあ。きっとボブ・サップみたいなものが入ってるに違いない……だって、画面に映らないくらい大きいんだもん。

「あの時、ヒロチンコがホテルに到着する前に、ルームサービスを持ってきた曙《あけぼの》のようなかっこいい人と一発やったのがまずかった」などと言って、その大きさの理由？言い訳？　を考える。

そして大きすぎるので、早めにうながしてみようということになり、急きょ、薄めた促進剤を点滴することになる。三時間もかけて……。

「促進剤の痛さなんて、陣痛の痛さの三分の一だ」と言われたが、まじで痛かった。

あの痛さは、コルセットや帯をぎゅううううと締めた痛さ。ウェストを半分くらいにする感じ。しかも想像では下っ腹が下痢のように痛くなるかと思っていたけど、かなり上の方が、ひもで締め付けられる感じ。だいたい私の体は薬にとても敏感。

こうなったら、陣痛の痛さを、キングの小説みたいに細かくねっとりと書き綴《つづ》り、後続を恐怖におとしいれることにしようと思う。

子供もびっくりしてすっかりひっこんだ様子で、産まれる気配がいっそう遠のいた気が。

産まれないと、三日後にまたこれを、しかも朝の九時からやるという。避けたい……。

1月30日

じっと待つって感じの一日。

しかしまあ、ゆるい陣痛がある程度。上から張って、下へと降りていく痛さ。なんだかものすごく暗い気持ち。というのも、推測するに、陣痛を起こすホルモン（オキシトシン）というのは、自然に分泌《ぶんぴつ》された場合、妊婦のテンションを落ち着かせる作用があるのではないだろうか（嘘《うそ》かもしれないから、今度専門家に聞いて調べてみる）。でないと痛さにパニックになったり、お産を失敗するから。でも、昨日の場合は合成ホルモンだったからか、時期か分量の問題か、とにかく絶妙に私のやる気を奪ったのでは。

というのも、ついこの間までの「やるぞ！」という気持ち（まあ、清志郎がかっこよかったというのが大きいが……）、犬も猫も亀《かめ》もかわいければ夫もすばらしく赤ん坊はかわいく、この世はすばらしい、人生ってすてき！ さあ産むぞ！ たとえ痛くても！ という状態から一挙にテンションが下がって「もうどうでもいいわ～、ああだるい」っていう感じに今、くたびれてるから。まあ、体がしんどいというのも大きい。

どっちが真実とも言えないのが正しい人生の姿であろう。

私もどっちがいいとも思わない。ただ、なんていうの「お産幸せ神話」みたいなの嘘はいっぱい感じましたね、この妊娠期間。

唯一《ゆいいつ》言えることは、絶対に好きになれる人間にもうすぐ会えるということは確かだということだ。夫婦そろってこれから長く、絶対に好きになる、嫌いになることはない人間……。その楽しみさだけは、なくなることはない。

そ、そして今読んでいるキングの文庫、ますます私の暗い気持ちに拍車を……。

しかも続きは三月刊行だって！ ううう！ 気になる。

交通事故にあうってどういうことかが、さりげなく盛り込まれていて、実感をこめて語られていて、胸が痛んだ。彼の人生って……本当に暗く大変だと思う。小説に魂をしぼりとられているというか。もはや存在自体が、ありがたいというか、そんな思いをして書き続けている壮大なものを読ませてくれてありがとうというか、何というか。だって、もう、彼にはささやかな幸せしか残されていず、この世の誰も彼を幸せにできないし、救えない。そういう感じのところにまで、行ってしまった感じがする。吹雪で閉じ込められた山小屋でいちばん起こってほしくないことが、これまた絶妙な不快感で書き綴られていて、最近の作品の中でもかなり好きなほうかもしれない。

1月31日

眠れずについキングの文庫を1、2巻みんな読んでしまった。

3、4巻はまだ未来にならないと読めないのだが、なんとなく、もう、おちまでわかった。きっとあのダウン症の子が、生命の最後の力をふりしぼって、スピリチュアルな空間を使って、恩返しのために幼なじみを助けに来てしまうのではないだろうか〜。それで地球はエイリアンの侵略から救われて、軍隊の人々は役に立たないばかりかきっと壊滅状態になって、地球を守るのはあの4人のうちひとりかふたりで、その人は生き残るのかな～、でも死ぬかもな～ここはぎりぎりだよな～。きっとそうだよな……。でも、たとえそうだとしても、それがどれほど感動的に描かれているかと思うと、いずれにしても楽しみ。

あれほど暗い作品を読んだにもかかわらず、朝になったら、うつ状態は去っていた。やはりホルモン剤の影響だった。

あまりにもじっとしていると産まれなさそうなので、苦しいなと思いつつ、近所の、すかいらーくのやってる景色のいいイタリアンレストランへ行く。

そしてたくさんのあさりのパスタを食べる。子供が下がって、やっと胃に空間ができて、食べられるようになったようだ。なんだかナポリが懐《なつ》かしかった。ナポリでは毎日のようにこれを食べ、飽きてしまってあれ以来食べてなかったのだ。

イタリアンといえば、昨日はあまりにも気持ちが沈み調理ができず、ピザを取ったら受付の人がすごいぼうっとしていて、おもしろかった。

「お名前は、まほこ……」と甘く呼び捨てにされた上に「トンカラマンションですね……」と言っていた。

そんなふざけた名のマンションあるかい！　と頭の中でつっこんで爆笑した。

梅を見に行きたいけど湯河原は遠いので、盆栽の梅を買って満足する。

そして自由が丘の青山ブックセンターへ行き、雑誌など買い込む。あまりにも私の本が置いてあるので恐縮する。でも婚前デートをよくした店なので、感慨深い。

安原さんの本……やっぱり涙。お見舞いに行けばよかったかなあ、でも、きっと行かないほうがやっぱりよかった、と思いなおす。私の中で永遠に元気な姿をとどめよう。

リトルモアの、川内さんと奈良《なら》くんだけでできている、思いきったつくりの雑誌も買った。絵も写真もすばらしくて、これでこの値段なんて、すごいことだと思った。

竹井さん、いい感じだ。

ストーンズを観《み》て、還暦……と思っていたら、姉がインフルエンザで倒れたとの知らせ。あ〜あ、せっかく産院にうまいものでも作って持ってきてもらうべさと思っていたのに、これはもう、確実にアウトだ。来てもらったら母子共にアウトになってしまうではないか。それにしても、こうとなると、里帰り出産にしなくて本当によかったという気がますます。

にしても、明日は予定日。長かった……。

3日まで持たせちゃうと、また促進剤だ。これは避けたい！

なんとかして土日にひねりだしたい。

2月1日

夜中におなかが痛いなと思ったが、朝にはすっかりおさまっていた。

なんか帝王切開に一歩一歩近づいている気が。

夜中に読んだ切り裂きジャックの本がいけなかったのかしら。昔の話だというのに牧歌的な要素がひとつもない、おそろしい内容だった。そして、きびしい内面を持つコーンウェルさん。作家はつらい仕事ではあるが、ああいうジャンルはこれまたつらい。もうかるとは思うけど、つらそうだ……。

少し近所を歩いてみたりするが、まあ、おおむね平和な感じ。

夕方なっつがグラタンを持ってやってくる。とてもおいしく、野菜がたくさん入っていた。さすがだ。ついでに買い物に行ってもらい、明日の朝ごはんも手に入れる。

それにしてもこの段になって、まだおなかに子供がいるというのが信じられない。動いたりもしているし、しゃっくりもしているけど、これが外に出てきて人間になりますっていうの、すごいよなあ！　冗談としか思えない。なんでそんなことが可能なのだろう。

しゃべり場にマヤちゃんが出ているので観て、なんとなく十代の行き場のない気持ちを思い出したが、マヤちゃんって、どうしてあんなに、男らしいのだろう。田舎のお父さんに優しくさとされたような気持ち、今。

2月2日

スペースシャトル落ちてるし……。

これほどまで暗いニュースの日に産みたくなか、とか言っていたら、今日も産まれなかった。でもまあ、永遠に腹にいることもなかろう、と腹をくくった。

もう一回勉強のために春菊さんの「私たちは繁殖している」を全巻読み返す。ちょっとしっかりした気持ちになった。

いずれにしても陣痛の前段階の定期的な張りは来ているので、多分促進剤で産まれるだろうとは思うけど、あの落ち込む点滴、いやだなあ、でもまあ、いいか。もうなんでもいいや。明日産まれると、ハルタさんと結子と小雪ちゃんと同じ日になるなあ……。みんな、ものすごく変わってるけど、手におえるだろうか。というか、どうして三人ものかなり親しい友達がその日に産まれているんでしょう？ 縁って不思議だ。

実家の家族全員がインフルエンザで死にそう。年寄りの上に病気があるわけだからマジであぶない状態らしい。困ったなあ。そして、まだ治ってない姉が看病をしている。なんてことだ。しかし行ってあげられない、今、あの家はキングの小説と同じくらいに汚染地帯。じゃあ赤ん坊産まれても誰も見にこれないってわけね。さ、淋《さび》しい。

産後に読もうとあたためていた本をみんな読んでしまったので、青山ブックセンターで本を買い、たっぷりとステーキなど食べ、予定日過ぎているのにこんなに食べて！ とお店の人にこってりと驚かれ、帰宅。

2月3日

夜になると痛くなるおなかは、朝になるとし〜んとしている。

あせりはないが、ひま……。温泉に行っちゃうぞ！ と言いたいくらい。都内にいなくちゃいけないってのが、なんといっても切ない……。人ごみもだめだし！

そして朝も早くから点滴。5時間もじっとしてなくちゃいけないし、子供はおりてくる気をますます失《な》くしてるし、いやだけど、まあ今の感じだとしかたない。私は本当に病院嫌い。でも、担当の助産婦さん、関さんに久しぶりに会えて嬉《うれ》しかった。子供をじっくりと説得してもらう。なんだか彼女は本当におなかの中の子と話ができるんだなあ、と思った。ちゃんともう人として扱ってくれる。

頼もしいし、彼女のリードで産むわけだから、ちょっと具体的なビジョンが見えたような。

ぐったりと疲れて、帰宅。結子と「まだだよ！」「まだなの！」とげらげら笑いながらしゃべってから夕方、爆睡。

夜は気持ちを切り替えて土鍋《どなべ》で炊《た》き込みご飯を炊き、白菜と大根の味噌汁《みそしる》を作り、家でゆっくりと食べる。寝たのでしっかりと重いものを持ち、動けるようになった。夫婦そろってこんなゆっくり過ごすのも、めったにないことだ。きっといい思い出になるだろう。長い人生のうちのたった一週間だ。

しかし～、うちのぼっちゃん、何でまたこんなにもじっくりとおなかに？　出てくるのが面倒なのか、寒いから。でかくなければいくらでもゆっくりしてほしいんだけど。

次の点滴は8日……その日に産まれたりすると、なんとたかのてること同じ誕生日になってしまう、避けたい！

2月4日

あせりもすっかりとれて（あせっていたのだろうか？ はたして）、のんびり気分満載。

慶子さんが原さんの「ムーンライト・シャドウ」用のすばらしい描きおろし原画を見せに来てくれる。

絵は、すばらしかった。微妙な色合い、これまでにないモチーフ、表情……どこをとっても新しい原さんでいっぱいだった。

なんだかますます心残りがなくなった。それにやっぱり原画と印刷では全然迫力が違うので、原画を見ることができたのが最高に嬉しい。

慶子さんに乗せてもらってそばを食べに行き、帰りに紀ノ国屋に寄ったのが間違いでした……。激しく燃える巣作り本能のせいか、おそろしい量の調味料や珍しいものを買ってしまった。昨日読んだ平松洋子さんの本もいけなかったらしい（？）。ハルタさんに誕生祝いの鮨《すし》まで買った……。ケーキは慶子さんが買ったというので、関西人には押し鮨かと思い。

吉方を向いて食べるように！　と一応言ってみた。

それからCDの整理整頓などして、のんびりと過ごす。

夜はこれまた地味に茶漬け。なめたけと、ゆずこしょうと、鮭と、まつのはこんぶから各自が選んで自分で作るもの。こういう食生活がいちばん幸せかも。

原さんにもお礼と感想の電話をする。

お産がんばるように、と優しく励まされる。がんばろうと思う、あのすばらしい絵たちのためにも。

2月5日

あまりにも暇なときに見るにはしぶすぎる「ヴィドック」をTVで観る。映画館に見に行かなくて本当によかったな〜、と思う。

そしてロルフィングへ。多分前駆陣痛としての腰痛がひどかったので。その建物にたどりつくまでに、本日の体力の全《すべ》てを使い果たした。

帰りにヒロチンコと中華を食べに行き、ものすごく薬効のありそうな謎《なぞ》のスープを飲んだら、腹がずきっとした。いいのかも。

そろそろ産まれてくれてもいいよ〜、と思いつつ、ハルタさんと電話。楽しい話をいろいろして、出てくるようにと説得もしてもらう。なんだか、聞いてくれそうな感じだった。中島らもさんが逮捕されたことも知る。そうか〜、作家でもやっぱり、つかまると連載とか中止になるのか……。がっかり（？）だ。また復活して、この経験を本に書いてくれることを祈る。

それから結子に電話。まだだよ、と言いつつ楽しくしゃべる。明日高橋先輩とみかちゃんに会うというので『『ハゴロモ』のカメラマンのモデルは先輩じゃないよ〜（先輩は、もっと、偉大）！　というのと、子供はみかちゃんと同じ誕生日になるかなあ？』というのを伝えてもらうことにした。

2月6日

いよいよまたひとつのピークが近づいてきた感あり。ねっとりと血が出ているし、たまにおなかがきりきり痛い。それから意味もなくずっと下痢《げり》。

意地になって梅を見に行く。白梅と紅梅が一本ずつ、満開だったので満足して少し散歩して帰宅。

なっつに犬の散歩と買出しに行ってもらい、ロールケーキ専門店のロールケーキを食べつつ、今後の打ち合わせなどする。ロールケーキ専門店の小説を書いたので、今の私はロールケーキに詳しい。でも、いまのところ不動の横綱は「ミディ・アプレミディ」の奴《やつ》だ。今度会うときは赤ちゃんがいるかなあ、と何回したかわからない会話をして別れる。これもまたいい思い出になるのでしょう、うまく産まれれば。

それにしても実家の人たちは思ったよりもずっと大変なことになっている。さっきも母が遺言のように「事務所の人や、なっつをうちによこしてはいけない、感染するから。うちだけでどうにか食いとめてみせる」などと言っていた。だいたいみんな具合が悪くて長くしゃべっていられないのが悲しい。ますますキングの小説みたいだ。なんだっけ？　「ザ・スタンド」だっけ？　この設定って。映像にしたらカウボーイみたいな人が全然こわくなかったやつね。「ひとりで産んで、育てます……子供が3歳くらいになったら会いに行きますので、探さないで」と冗談を言って切る。これもまた何度した会話かしら。

立ちあってほしいとはもちろん思っていなかったが、親きょうだいが病院に一回も来られないというのはとっても意外だった。うちのぼっちゃんの人生、波乱万丈？

今はまだがまんできる範囲の痛さだし、また引っ込んでしまうかもしれないが、刻々と近づくお産。いやだな〜、痛いの嫌いだなあ……と思いつつ、テツandトモを観《み》てげらげら笑いながら、今日も粗食を食べた。

2月7日

朝からもう陣痛が五分おき。夜中も痛かったので、一睡もせずにたまにうとうとして朝を待った。病院に電話したらいきなり「よかったね〜！ 陣痛が来て！」と言われるが、「痛いですう」と答えるしかできない。

犬と猫たちにしばしの別れをつげて、荷物を持って出る。しかしこの時、すでにそうとう痛かった。

内診をしたら子宮口は三センチ開いていたので、お昼を食べに行くことにするけど、とても食べられない。ヒロチンコの仕事場で休ませてもらい、階段だけ昇り降りしてお産をうながす。

そして病院に入院してからが、しゃれにならない痛さの旅へのはじまりだった。

陣痛は、時間の概念との戦いだと思った。来てはピークになっておさまるその痛みの休憩時間にいかに本気で「またすぐあの痛みがやってくる」ということを忘れられるかが勝負。でも忘れられないから、まるで拷問《ごうもん》。痛さの質は、腹の中を竹ぼうきでかきまわされてしめつけられてお尻《しり》の穴を思い切り裂かれているって感じかな～。はは。

そして赤ん坊がこれまた降りてきやしない。

担当の関さんが夜勤でやってくる頃にも、まだ降りてこない。

私の子供らしく方向音痴で、間違って右にずれたりしてる。痛くてもう大騒ぎ。うめこうと、暴れようと、気がまぎれない。しかも和室だったので、つかまるところがなく痛みを逃がせない。ヒロチンコにお尻や背中を思い切り押してもらうのが、ただ唯一《ゆいいつ》の気晴らし。

もしも子供の心音が弱ってきたらどうしよう……と思って心配するけど、しっかりとした音がモニターからずっと聞こえてくる。

夜中の0時に私が言ったらしいこと「ああ……ついにてるちゃんと同じ誕生日になってしまった……」どうしてもいやだったらしい。後日てるちゃんから「私と同じ誕生日だってね、ざまあみそしる～」というメールが来て憎たらしい。

一回変な体勢になったら、太ももの一部が飛び出してくるくらいに痛くなって、肉離れみたいなのが襲ってきて、それが陣痛とあいまってなにがなんだかわからなくなり、さすがにわああ泣いた。

でも……産まれない。

夜中に横になろうとするが、痛くて横になれない。たてになったまま、徹夜する。ヒロチンコが「一晩くらい寝なくても死なないから」と言って、いっしょにたてになったままでいてくれた。とても感謝して、一生おいしいものを晩御飯に作ってあげようと思った。

それにしても締め切りでもないのに二晩の徹夜だ。もうふらふらで、もうろうとしているし、痛くて泣けるし、先が見えないし、まいった。

鎮痛剤を注射してもらい、ちょっとだけ、うとうと眠る。

みんなすぐに忘れるというが、私はあの痛さ、一生忘れない。死ぬかと思った。今でも、子供の心音がモニターで速く大きくなってくると、陣痛がやってくる、あの音を忘れられない。頭に焼き付いている。

今から帝王切開と言うのもくやしいし、にっちもさっちもいきませんという感じだった。

2月8日

朝、陣痛で苦しんでいたら朝ごはんがやってきた。食えねえ……。

そして、内診に外来に来てと陣痛がピークの時に言われたが、動けなかった。車椅子《くるまいす》を持ってきてもらい、収まったときに動く。あまりにも他が痛くて内診なんて全然痛くなかった。

先生の「子宮口は全開、かなり消耗しているからブドウ糖の点滴をして、その後促進剤を点滴しよう」と言う言葉が一歩先に進んだようで、神の声に聞こえた。

しかしこの痛いのにさらに促進剤……痛いんだろうなあ、と思った。

関さんも一晩中ついていてくれた。しかも他にもお産があったらしい。大変だなあ！

体力がなくなっているので、促進剤の前にもう一回痛み止めの注射をして、ブドウ糖の点滴をして、少し寝る。なんだかもうこれが自然分娩なのかどうかよくわからないが、それにしても助産婦さんたちの働きぶりやタフさや頼もしさには感動した。こんなすごい職業がこの世にあるなんて、考えられない。しかもみんな美人で優しくて明るい。

そして促進剤……その点滴がはじまってからの痛さは筆舌につくしがたい。気が狂いそうだった。しかもへとへとで、これ以上もうなにもできないと思うくらいだった。前の日の朝から一回も休んでないのだから、もうなにがなんだかわからなかった。関さんの内診で、やっと破水。長い道のりだった。

ここから後は、痛いことは痛いが、ウンコを押し出す要領となにも変わらず、一回ごとのいきみでいろいろ進展があるので、むしろ楽しかった。

ついに分娩室へ移動し、たくさんの助産婦さんとヒロチンコに囲まれ、ワタナベさんというとてもナイスな助産婦さんに足を持ってもらって毎回蹴《け》らせてもらいながら、左足はうまく動かないので台に乗せて、そしてやっとつかまるレバーがあったのでそれを思い切りつかみ、赤ん坊を押し出す。

できれば会陰《えいん》切開はしたくないと言い、そして赤ん坊の頭がなかなか下がってこないので「吸引はしてもいい？」と関さんが聞いた。私が「こだわりはないです～」と答えたら、どうも吸引はいやだったらしく、頭がぐい～と降りてきた。さすがてること同じ誕生日で、あまのじゃくだ。

それから何十回かいきみ、みんながわりと楽しそうに「上手ですよ～」とか「よしもとさんは足が細いね、出ているのはおなかだけだったね」とか「外人体型だよね」「この入れ墨はバナナマンかな」とか言っているのを、痛くてつっこめずに悔しく思いつつ、聞く。

そして、ヒロチンコは水を持って、いつでも飲ませてくれた。

そして、なんだかわからないが突然消毒されて、先生がやってきた。

「頭がでたらもういきまない」というのだけ、春菊さんの本で読んでおぼえていたので、頭が出てからは短く犬のように息をしたら、肩が出たのがわかった。

ヒロチンコ「出てきたとき、マジックかと思った……」

そして私の第一声は「でかい！」だった。

思っていた赤ん坊の二倍はでかかった。驚くほどの大きな体をしていた。私は抱っこしながら、げげ……これが入っていたのか、と思った。顔も大人みたいだった。

もちろん股《また》は裂け、恥骨も離開してしまった。

立派な難産だった……。

もうへとへと。夕方五時過ぎに産まれ、体重は３９６０グラム。

股を縫われ、一キロ以上はある立派な分厚い胎盤を見て、部屋へ戻り、いろいろ指導を受けて、赤ん坊とヒロチンコと過ごす。驚いたなあ。いきなり人間がこの世に増えた。そしてこの大きな人物を持って歩いていたとは、我ながらすごいと思う。

恥骨離開っていうのは、当分全く立って歩けなくなりしばらく（三ヶ月くらい）車椅子になると聞いて、暗澹《あんたん》とした気持ちになるが、赤ん坊があまりにも、ものすごくかわいいのでちょっとなぐさめられた。

仕方ないので、這《は》ってトイレに行ったりする。足が麻痺《まひ》したようになって、全然歩けない。父や大澤さんの気持ちを、ちょっとだけでもわかるようになるかもしれないと思った。意外なことができないので、驚いてしまう。まだ血がどんどん出ているので、這って行くとすぐに床などを汚してしまい、面倒くさいし情けないし、さすがに暗い気持ちになる。

そのうえ縫われた股はずきずきするし、めしは……悪いけど、まずい。給食をまずくアレンジして生臭くしたような感じだった。でも、腹ペコなので、がつがつ食べる。ヒロチンコが一回あまりの味にえづいていた。そしてお弁当と果物を買いに行ってしまった。

私もそれを食べて、ちょっと元気をとりもどす。

そして一応あちこちに電話して、親子三人ではじめての夜を過ごした。

かわいい、赤ちゃんはかわいい！

2月9日

日曜日、窓の外はにぎわう代官山。

やっといくつかの連絡ができる。しかしやっぱり立って歩くことはできない。寝ころがったり這って、なんとかして育児をする。

毎日おそろしい勢いで助産婦さんたちにおっぱいマッサージをしてもらう。

そしてさすがは産院、つぎつぎに子供が産まれている。私と同じ日にも3件あったそうだ。1日3人もの死ぬほど痛がっている人たちから赤ん坊を出す手伝いをするなんて、どう考えてもやっぱりすごい職業だなあと思う。

夜、ヒロチンコとお弁当を食べながら、いつも見ていたウルルンなどを観ていたらやっと「ああ、終わったんだ……」と思った。体はほんとうにぼろぼろだけれど、先週はまだ体の中にいたちびっ子が、今は外に出ている。不思議……。

ヒロチンコが今日から泊まらないで家に帰ってしまうので、奇妙に淋《さび》しくなる。これはホルモンのせいなんだな、と思うけど、その淋しい感じは、なかなか説明のつかないものだった。心細さでもなくて、気が抜けたような感じだった。ひとりになる不思議、そして、隣に今まで知らなかったがいつもいっしょにいた人が、外に出て寝ている不思議。

といいつつも、夜中にも助産婦さんが授乳指導に飛んできてくれるので、けっこう忙しくまたほとんど徹夜している。二時間に一回は授乳、おむつかえ。この感じ、子猫と全く同じ。腹が減るとおそろしい音で泣くところも同じ。寝ぼけてうっかり落として殺してしまったらどうしよう、と不安になるところも同じ。

2月10日

それにしてもまだ大量の血をたれながしていて、シャワーも浴びられない（立てないから）。

温かいタオルを持ってきてもらって、体をふき、シャワーで髪の毛だけ洗う。すごくすっきりした。だんだんこの病院のリズムにも慣れてきた。今日の夜勤は誰かしら？　なんて思うくらいに。私は夜中には強いけど、朝にとても弱い……。いつも朝ごはんが運ばれてくるとあまりにも爆睡しているので、沐浴《もくよく》のついでにいつも赤ん坊が連れ去られてあずかられている。寝ぼけている間に。

三時ごろ陽子ちゃんが来て、いろいろ新しい恋の話などしつつ、赤ちゃんを見ていく。

「指が長い、そして大きい！」という感想だった。いっしょにお菓子やサンドイッチを食べて和む。いろいろなプレゼントを置いていってくれた。お花も。

そして慶子さんとハルタさんが来てくれる。

ちょうど整形外科の先生の往診の最中だった。やはり診断は恥骨の離開。全治三ヶ月から半年……。しばらくは松葉杖《づえ》か車椅子。そしてコルセット。あ〜あ。やっぱり、歩けないのか。

慶子さんとハルタさんにほやほやの赤ん坊を見せることができてよかった。陽子ちゃんと、そのふたりを見たら、ちょっとエネルギーが戻ってきた。

神経のブロック注射をすすめられるが、恐ろしいのでとりあえず断わる。

先生お勧めのエアマッサージャーで、にしきへびに飲み込まれたような気持ちになりつつ、足の血行をよくする。歩けないと、静脈瘤《りゅう》が出るかもしれないそうだ。

晩御飯（すまないが、まずい……。薄味で、素材が、フレッシュじゃないのだ）をヒロチンコとわかちあって食べていたら、突然がんちゃんがやってきて、姉からのから揚げと、山ほどのモーニングとスピリッツを置いていく。そして「大きいなあ！」と言われる。がんちゃんの家の遼子《りょうこ》ちゃんも、同じくらい大きかったそうだ。助産婦がふたりもおなかに乗って、やっと産まれたそうだ。おおこわい。

こっそりとから揚げを食べて、大満足。

夜中にモーニングを読むが、あまりにもたくさんあって、読んでも読んでも終わらない。こういう時に読む「えの素」も感慨深いものだ……。

2月11日

エリカさんとたけのりさんと美龍くんと美魅ちゃんがちょっと顔を出してくれる。ナイキの靴をいただいた。はやく履かせたいなあ！

美龍くんは慶子さんの大きな乳をもんでいた。いくつでも男は男……。

そして赤ちゃんにちゅっとキスをしてくれた。

「かわいいね～、じゃ、帰ろうか！」と社交辞令まで言っていた。育っている！

その後は慶子さんといろいろしゃべる。合宿みたいな感じ、和室なところといい。

慶子さんのお母さんは、亡《な》くなる直前歩けなくなった時期があった。だから、慶子さんは、今私にできないことがなにかよくわかってくれる。経験ってすごいな、と思った。大人になるってすごいことだな、と思う。

別に同情してほしいわけではないんだけれど「無事産まれたが車椅子です」と言うと、みんな「それは大変だ、でもおめでとう！ よかったよかった」と言ってくれる。多分私も経験してなければそう言っていただろう。説明しても「つまり会陰が裂傷して縫ったんでしょう？」という答えも多い。でも嬉《うれ》しいから、全然「違うんだ！」と言う気になれないくらい。

実際ほんとうによかったと思う。赤ん坊が無事で、本当によかった。今となっては、死産ということを考えただけで涙が出てくる。もう別の赤ん坊ではいやなのだ。そういうつらいことを乗り越えた友達とも話したが、一発で「なんだ、赤ん坊は無事なんだな、よかった！ 吉本なんてどうなってもいいよ！」と言われた。でも、彼の気持ちを思うと、すごく許せた。

で、もちろん縫いもしたけど、確かに多少痛いけど、問題は骨なのだった。縫っただけなら、口笛を吹いて歩き回っていただろう……。

しかし、鳴っている電話まで這っていくが間に合わない、とかトイレに這っていくが間に合わずにもらしてしまい、夫に下の世話をしてもらう、というのはなかなか本人的にはショックな状況だ。私は治るから全然いいけど、今まで自分が車椅子《くるまいす》の人にとってきた態度をちょっと悔やむ。なんていうか、口に出してもしかたないくやしさが、胸の中にたまっていくのだ。で、頭に血がのぼるというか。

午後は関さんの入念なおっぱいマッサージで、柔らかい乳になる。関さんは、赤ちゃんを赤ちゃんと思わず、小さい人としてちゃんと話しかける。すると、なぜか話はちゃんと通じるのだ。かなり微妙な要求まで、伝わる。赤ちゃんは、産まれるときに、関さんが夜勤でやってくるのを絶対に待っていたのだと思う。おなかの中にいるときから、いろいろ話しかけてもらっていたからだ。出産の最中も「頭を細くして降りておいで」とか「ママがもたないからもう降りておいで」とか話しかけると、本当にそのとおりになった。その技を見ているとすごく感心して、しみじみとプロだなあと思った。

そしてヒロチンコのパパが登場。那須《なす》から薄着で、いよかんを一箱持って、ワイルドにやってきた。大人（?）が来てくれたのははじめてなので、なんだかすごくほっとする。うちの実家はそういうわけで全滅、母に至っては緊急入院だから……。

赤ちゃんを見て、すごく喜んでくれた。いろいろ健康のことなどしゃべり、ヒロチンコの昔の話など聞き、楽しく過ごす。

そしてふたりは寿司《すし》を食べに行き、私は慶子さんに買い物をお願いして、いっしょにお茶しながらまたしゃべる。たとえ子連れでもいいから、また慶子さんと海外出張に行って、いろいろしゃべりたいものだなあ。なんだか旅行気分になった。

2月12日

あいかわらず夜中に強く、朝に弱い私だった。子供はちょっとだけ新生児黄疸《おうだん》が出てきたので、光線療法へせっせと行ってしまう。なので、ちょっとゆっくり電話したり、寝たりした。

しかし内診が痛くて大暴れする私。だって、縫った上に血が出ているところに棒を突っ込むんですよ。でも、隣の人は同じ日に産んだのにけろりとしていた。多分個人差が？ 私が大げさ？ 痛がり……？ それは確かだけど。

退院の写真を撮る。車椅子での、すごい記念写真。先生もいっしょのいい写真になった。佐々木さんが「男の子はすごくかわいい、かけがえがないかわいさだ」というお話をしてくれたので、すごくためになった。あと産後は姿勢が悪くなりやすいという話も。

退院をいつにすべきか、いろいろな意見があり翻弄《ほんろう》される。また、退院してあの動物の館《やかた》に帰って、この不自由な体でひとり、いったいどうなるというのか？ とりあえず車椅子をレンタルしてもらい、自分の小さな部屋に、犬と猫を入れずにたてこもる（？）ことにする。ちょっとした引越しになるが、やむをえない。

こういう状態の特徴として、寝ているときや座っているときは歩けないことを忘れているので、いつまでも忘れて逃避していたくて、考えなくてはいけないことをどうしても先延ばしにする。でも明日退院というのは無理だろう、という結論に達し、結子にも相談して、14日にすることにした。少しほっとする。

夕方たづちゃんが来て、オーラソーマのオイルをくれる。親戚《しんせき》でははじめて赤ちゃんに対面、親よりも早く。

それにしても赤ん坊はかわいいものだ……目はヒロチンコ、鼻と口は私。おじさんみたいな顔でいろいろパフォーマンスを見せてくれる。ふたりで「かわいいね～」と親ばかになって言い合う。これはもうすっかり中島モード……。産前はちっとも子供好きでなかったのに、自分の子供にめろめろ。

2月13日

レントゲン。見事に離れている恥骨。これは、時間がかかるだろうと思う。

久々になっつに会う。なっつの赤ちゃんの時を知っている上に、毎日赤ちゃんの顔ばかり見ているので、なっつが赤ちゃんの時の顔に見えてしまう。なのにそんな赤ちゃんに見える彼に、カールとおせんべいをむりやりごちそうしてもらう。

それをむさぼり食う姿を見て、顔を出した助産婦さん、愛くるしい池田さんは「あ〜あ、食べてるよ」と思ったそうだ。乳にあまりよくない食べ物を……。たしかにしっかりと乳が張りすぎました。そしてかんきつ類を4個食べたと言ったら、すごく驚かれて、夜勤のワタナベさんにまでもう伝わっていた。部屋に入ってくるなり、「聞いたよ、いよかん4個も食べたんだって？　すごいよ、あたしなんか半分で充分だよ！」と言われた。

夕方に健ちゃんが寄ってくれた。おいしいお弁当とお菓子を持って。そして赤ちゃんを見て喜んでくれた。産まれるとき4000グラム以上だった人は親孝行するように、と言い聞かせる。全くそうだ。私もこの子に絶対将来温泉とか連れて行ってもらおう。

「なんだか貧しい夫婦が六畳一間に住んでいるって感じ」と言われる。古い畳の六畳で、テーブル代わりのビッグコミックスピリッツで、がつがつお弁当を食べる私たちを見て。

病院最後の夜。

ここで起こったことを思うと、感無量。

そしてなんとなく淋《さび》しい。これからも助産婦さんや先生に会うことはあると思うけど、こんなふうにいっしょに暮らす？ ことはもうないのだ。一生一度。いろいろなアドバイスをもらったり、話を聞いたり、裸とか穴とか尿とか胎盤とか股《また》の傷とか血だらけのナプキンとかを見せても恥ずかしくなかったこの人たち……。

不思議な気持ちだ。もうちっぽけなことなどどうでもいいという感じがする。

2月14日

退院の支度が全然はかどらず、ついノートにお産の感想など書きつけて時間を過ごしてしまう。先生やみなさんにバレンタインチョコを配る。

ヒロチンコがお昼に登場、なっつが車を持って登場。そして見送られつつ退院。外の空気が嬉しいし、空が広く見える。そして赤ん坊泣きっぱなし。

疲れたのか、家についてから、6時間も寝てくれた。

その間に、納戸《なんど》からストーブを出したり、ふとんを運んだり、男衆は大活躍。はじめに花瓶を割ったのが、なっつのはりきりのきっかけとなったようだ……。八万円の花瓶だったのだが、働きぶりにめんじて許そう。

いすに長く座っていると、骨が圧迫されてどうしようもなく痛くなることも発覚。

まだいろいろなことに慣れず、へとへとになる。犬たちはまだよくわかっていない様子。私が帰ってきて喜んでいる。猫は、全《すべ》てを無視。でも、淋しそうにドアの前で待っている。

いろいろなことが家を出る前の予定とあまりに変わってしまって、ちょっと驚くというか、ショックを受ける。

2月15日

友達のお父さんが急に亡くなった。

生まれてくるものがあれば、死ぬものもあるから、と彼は電話で言っていたが、それはそうとしてもショックだろう。知らせてくれたことが、嬉《うれ》しかった。少しでも力になりたいので。

私も昨日、すごく親しい人が癌《がん》になったことを知った。手術はむつかしいということだった。

親しい人同士には、転機が同じ時期に訪れることが多い。今は私たちグループ（？）にとって激動の時代だ。かじをしっかりとって、自分を見失わないようにしたい。

それにしても自分の家なのに、何もできないもどかしさ。ちょっと何かすると、すぐ無理して痛くなってしまう。

夜は簡単な鍋《なべ》にするが、それすらうまくできない。ああ、くやしいとちょっと泣けてきた。

十ヶ月の間、産まれたら体が軽くなるからあれをしよう、これをしよう、と夢見てきたいろいろなことが全てできなくなって、あせりのようなものもちょっとあったかもしれないし、なんといっても産後のうつっていうのは、まさにこれだろう。

子供がかわいいのだけが救い。世話は全然苦にならない。大事なものができた深い悲しみ、というのはあるが。

ほんの少し前、まだ友達のお父さんはばりばりに生きていて、彼が人生の大きな転機を迎えるにあたって、親不孝をすることもいくらでもできた。知人も癌ではなくていっしょにお酒を飲んで私の妊娠を気遣い、私とヒロチンコはいっしょにお風呂《ふろ》に入って背中を流し合って子供の誕生を待ち、髪の毛を乾かしあい、散歩にでかけていた。私は（重かったけど）自分の足で立って歩いて、おいしいものをつくっていた。猫といっしょに寝て、その毛皮に顔を埋めて暖をとっていた。

その全てが、かけがえのないことだったことを、知ってはいたけれど、もう全てが変わってしまった。二度とは戻らない。私自身、個人的には振り向かずに行くしかないが、そのかけがえのなさの全ては小説に書かれるべきことだろう。時の流れ……これこそがまさに私の一生のテーマだろう。

2月16日

部屋にたてこもっていると、ドアの隙間《すきま》からぴったりと鼻をつけて中の匂《にお》いをかいでいる犬の犬ガスが入ってくる。機動隊にいつ突入されるか気が気ではない、犯罪の現場のよう。

おりしも外は大雨。だというのに、姉となっつのお母さんが、赤ん坊を見にくる。なっつのお母さんがあまりにもかわいいかわいいとほめてくれたので、嬉しくなる。

そういう単純なことが、今は嬉しい。

姉は動物にもみくちゃにされて、おいっこどころではない状態になって帰っていった。

そしてふたりのくれたたけのこごはんとか、グラタンとか、赤飯とか、煮物とかおいしいものがいっぱいで！ 充実の晩御飯になる。

やっぱり手作りのものはおそうざいのようにしょっぱくなくていいです〜。

腰が痛くなって、苦しむ。やっぱり4000グラムの赤ん坊は、腰に来ます。体のあちこちがむちゃくちゃ。縫い目もたまにぴっと裂けて血が出る。これって、いつ再生するのかしら……。

まあ、産まれて一週間たち、少しペースがつかめてきたので、よかったと思う。

夜はいつでもちょっと泣く。風呂に入るといつでもあちこちが痛くなってたくさん血が出るし、足が上がらないから着替えに十分くらいかかって、情けなくなってしまうのだった。でも、その涙は赤ん坊の涙と同じ、浄化の涙。なんといってもホルモンの状態がむちゃくちゃだから、理屈ではなく、泣いたほうがいいのだと思う。同じ病気になった人の話を聞くと、やっぱりいろいろ悲惨で、でも治るのだからがんばろうと思う。

それに夜中に赤ん坊が泣いたり笑ったり、面白い顔とかしているとにこにこしてしまう。

で、たまにあの和室が恋しくなり、頼もしい助産婦さんたちに会いたくなる。病院ホームシック！

2月17日

お掃除の人たちがやってきて、赤ちゃんを懐《なつ》かしがっていた。そうか、みなさん産み、育てたのですね……。家がきれいになって嬉しい。しばらくは週に二日頼むことにする。自分ではできないし。

できないということの恐怖は、想像力の恐怖なんだな、と学ぶ。想像さえしなければ気楽なはずのこの生活も、悪いほうに考えがはまると、動けないぶん恐怖が大きくなる。何よりも足が立たず、腰をひねれないのに首がすわっていない赤ん坊を抱き上げるのは、慣れるまではいつもひやひやする。そして縫い目の痛み、乳の皮がむけた痛み、骨の痛み、リンパ腺《せん》の腫《は》れの痛み、みんな種類が違うので何がなんだかわからないくらいに全身が痛い。

関さんの訪問指導。子供……以下マナチンコ……はごきげんになる。やっぱり関さんが大好きなんだなあ。とりあげてもらったからなあ。さらに痛い痛いおっぱいマッサージを受けつつ、いろいろインタビューする。プロにもみほぐされて、触りやすい柔らかい乳になる。十代の頃にこの乳があれば！　と悔やむ。

そしてなんだか熱が出てくる。たぶん詰まっていたところが開通して、毒が一回体をめぐったのだろう。あちこちのリンパ腺がますますすごく腫れている。これまた落ち着くのに時間がかかりそう。皮のむけた痛々しい乳を吸われると叫びそうに痛いのも、あと何日かは皮が再生しそうにない。難産の母親とはとにかく痛いものだ。これまた法則があって、安産だと全《すべ》てが順番に軽くなるようになっているので、うらやましい限り。

まあ、38歳初産《ういざん》で4000グラムの子供で、楽したいといってもだめって感じ。

猫や犬の子供もそうだけど、はじめに病弱だととにかく大変な人生（？）が約束されてしまう。だからといって不幸かと言うとそうでもないんだけど、とにかく次々にいろいろな悪循環にはまっていくので、せめて子供が丈夫だったことを、神に本当に感謝したい。

マナチンコがあまりにも母親の精神状態に反応するので、面白い。悲しみや痛みにはあまり反応しないが、いらいらと恐れにはてきめんだ。これって、生きていくための知恵なんだろうなあ。

占いのお姉さんと電話で話す。「これほど消耗した人を観《み》たことはない、母体は限界で、体はばらばらだ。死にかけてもう燃え尽きている。今生きているのが不思議なほどだ」と言われて、ただ、わかってもらえたことが嬉しいと思う。私は口数も多いし、いつも元気に見えてしまうのが自分でも困ったと思うところだ。でも今回は限界まで消耗したと自信を持って言える。これほどになったことは、ヘルペスで入院した時くらいだ。というか、あの時よりも、疲れてる。妊娠後期の疲れもいれると。

そしてどんなときでもくだらない冗談が言えるのも、いいといえばいいが、困るといえば困るところだ。

楽しくしゃべって切る。でもちょっとほっとした。今よりも悪くなることはないということと、子供は丈夫でものすごくエネルギーが強いそうなので。そして、今はもうまわりに気をつかわないで、自分のしたいようにすることで、自分の回復が周囲の幸福だと思い込むことだ、と言われた。ホルモン剤の影響が頭に入っているのをとってもらい、体をあたためるものをどんどん取るようにというアドバイスも受けた。点滴はしたほうがいいが、ブロック注射はしないほうがいいとのこと。全てだいたい自分の思った感じだったので、ほっとする。

にしてもまたあちこちが痛く腫れあがってきて、また夜、大泣きしてしまった。いろいろなことがくやしくもどかしくて。

でも、泣くごとに浄化されていくのがわかる。

2月18日
ラブ子の良性の腫瘍《しゅよう》が化膿《かのう》しているように腫れていたので、手術。やっぱりかなり膿《うみ》がたまっていたらしい。
どきどきして待っていたけれど、なっつとヒロチンコに連れられて、元気に帰ってきた。なんだか顔まですっきりしている。よほど負担だったのだろう。無害でも大きかったから、背骨が圧迫されてかわいそうだった。

ばんそうこうは痛々しいが、切ってもらってよかったと思う。長生きのためのケアだと思うと、ここが肝心なところだ。判断がむつかしかったけれど、いい結果になりそうだ。

なっつの手作りの晩御飯をみんなでおいしくいただく。親子そろっておいしいものを作ってくれた。メニューは焼き魚、鯖《さば》と、サーモン。お味噌汁《みそしる》もついてました。

2月21日

今日からヒロチンコが仕事に復帰。心細いが、慶子さんとおそうじの人たちでにぎわい、しばし心細さを忘れた。おそうじの人たちから果物をいただく。そして、サンディー先生とフラスタジオのみなさんから、かわいいレイと写真たてが！　みなさんが「一日も早くフラを踊りたいでしょうが、ここはがまん！」と書いてくださっていた。いや、そんなに書かれるほど、踊れるかというと、盆踊りなんですが……。初心者として復帰して上達しますです。私は小さい頃片目が見えなかったので、少しバランスとか脳の命令系統というか体の能力がおかしいんだけど、でも、いつか必ず上達すると思う。ダンスのすばらしさ、体を使うすばらしさ、もう少し追求したい。ミリラニ先輩からも、あたたかいメールが！

　みーさんのお料理の本が届く。すごくいい本だ……。私は家でほんとうに適当な料理しか作らないけど、みーさんの本はいつも、生活全体からにじみでてくる地に足がついた「食」のことが書いてあって、一瞬他の人の人生になったような、いい気持ちがする。写真もすばらしい、絵がちょっと「バカドリル」みたいなところも、すごくシックでいい感じだし、宝物のようにじっくりと眺める。

エンメルさんからもスワロフスキーのかわいいものが届く。grafの人たちからも、手作りの贈り物。木でできていて鈴が鳴るガラガラのようなものをもらう。慶子さんはきっぱりと「でんでん太鼓をいただきました」と言っていたが、でんでん太鼓の要素は、見たところひとつもないと思われる……これは、ガラガラだろう。ううむ。さすが「バックギャモン」を「ジャックギャバン」と呼んでいただけのことはある彼女。イメージの世界では合っているのだろうなあ。

　鳴らしたら、犬が大騒ぎになった。なぜ？

　慶子さんと大きなケーキを食べて、またも女の子の喜び。楽しかった。

　いつも夜になるともう生きているだけで骨が痛くて、あまりの痛さと情けなさに大泣きするが、今日も泣いた。悲しみを後押しするこの、ホルモンの力とはすごい。うたた寝すると夢の中では自由に歩いている、それだけで目が覚めると泣けてくる。これって、足を切断した人とか、骨折で全治半年の人とか、どうなんだろう、と思って、大変な骨折を経験したミルちゃんに聞いてみたら、やっぱりそうだった。全く同じ気持ちだった。よし、みんなが通った道なら、治るなら、全然がんばろう、と思った。

自分を大変とかかわいそうと思って大泣きするのは、三日くらいならすごく有効(発散できるから)だが、一週間以上になると、時間のむだだと思う。起きた出来事の程度によるが、このケースだと一週間が限界だろう。

泣くとヒロチンコも悲しそうになるので、気の毒だし。

2月22日

なので、ためしに朝からテンションを低くして、全《すべ》てをじっくりと時間をかけてやってみたら、体調はわりといいようだった。

マナチンコの意味もなくぐずるのもなくなった。

まだ私の乳が微妙に足りず(なんといっても松井の産まれたときよりも大きいんだから!)、乳も痛いので時間を短くしょっちゅうあげていたが、それがものたりないようなので長く時間をかけてあげるようにしてみた。だいたい40分くらい。そうしたら、けっこう落ち着いた。何よりも私が落ち着いたのがよかったのだろうと思う。

しかしテンションを低く調節しすぎて、なんだか寝ぼけた人のようになってしまった。むつかしい。

夕方なっつが来たので、買い物を頼んだ。なっつがマナチンコといると、巨人のように大きく見える。ヒロチンコが帰ってきて、ラブ子の検診へ。経過は良好らしい。しかも手術中、考えられないくらいいい子だったとほめられたそうだ。どうも犬をかぶっていたらしい……。

みんなでおにぎりを食べ、三時間くらい煮込んだ（煮込みものなら今でも作れるので）大根を食べて、解散。

まなみからの手紙を見て、ちょっと泣く。境遇は正反対だが、気持ちが痛いほどわかる。

そしてシゲオゴトウの、エスクァイアに出ていた私に関する書評を読んで、やっぱり感動して泣く。あまりにも、よくわかっていることが嬉《うれ》しい。わかってもらえること、その力をこのところ強く感じる。

マナチンコは生後まだ二週間なのに、もう五時間以上、長いと七時間ばっちりと寝てくれることが多いので、とても助かる。最近、へとへとになってぼろぼろで眠りにつくので、眠りが本当に人をリフレッシュするのが体でわかる。これまでの人生、まだまだ余力があったということだろう。

2月23日

日曜日なのでヒロチンコがかなり育児を手伝ってくれる。なので、久しぶりに昼寝などできて、体調が回復してきた。涙は過労のあかしでもある。一日中うとうととして、晩御飯は買ってきてもらったうどんと、焼いてから煮たコロッケの卵とじ。

新生児の服がもう入らない……ので、GAPで2ヵ月児の服を買ってきてもらう。なんということだ、いっぱいお祝いでいただいたのに、三日くらいしか着られなかったものが多かった。

それから、産後には青葉という会社の「トコちゃんベルト」がすごく有効。もう腹もへこんだ。腰もこれを締めていると安定して、つたい歩きなら、痛いけどかろうじてできる。すごい！　その同じサイトで買っただっこひもも、デザインはいまいちだが、すごく便利。産院ですすめられました。ネットで検索するとすぐ出てくるので、さがすのは簡単。産後の人たちに心からすすめます。恥骨離開までいかなくても、骨盤をこわしている人は多いそうだ。そして、腹をガードルで締めると、腹はへこまずに段になり、かえって長引くそうです。ふふふ。

　しかし、自分に子宮筋腫《きんしゅ》があるなんて全然知らなかった。産後にへこまないところがあり発覚。妊娠中もぽこんと出ていたので子供のひじだと思って夫婦でかわいがって「大きくなれよ」なんてなでていたのに、筋腫だった。すごくバカ……。これ以上育てないようにしようっと。

　自分の体のことで一個だけ嬉しかったこと、それは産前よりも、腹がへこんだことだ。う、嬉しい。

　竹林さんからすごく的確なメールが届く。彼女は……本当に頭がいいというか、優れた人だなあ、とただただ感心する。体当たり式人生で得た豊富な経験、クールさ、優しさ、いい意味でのミーハーさ、何ヶ国語もすぐにマスターしたあの語学の力、どれをとっても不足なし。女版澤くんって感じだ。

　その内容を簡潔にまとめると、

1・高齢初産《ういざん》だと産後は休むべきだが、動けると必ず動いて後が長引く、よほど神が休めと言っているのだろうから、それにしたがったほうがよい。

2・今、その状態だとご主人が育児に参加せざるをえないので、結束がかたくなり、今後のいかなる困難にも家族で共にあたっていく体制ができるだろう。

ということだった。1番はみんなに言われたが、2番は、あまりにも渦中《かちゅう》にいすぎて気づかなかった。さすがまだしゃべれないというのに、リダイヤルで私の電話からアレちゃん（ここで偶然にもイタリア人を選ぶというのがミソ）に電話をかけてなにかのメッセージを留守電に入れていた、立派な三歳児しんちゃんを育てているだけのことはある！

どんどん気持ちも切り替わってきた。あとはこのいまわしいほどの完ぺき主義との戦いだ。人生はいつでもおのれとの戦いですなあ。

2月24日

雪。もう3月なのに、と思う頃いつも降るんだっけ。

なっつもお掃除の人たちも、寒い中お疲れ様です。

マナチンコは寒いのに薄着でよく寝ている。

とんでもない番組を観《み》てしまった……。マイケル・ジャクソンの。いつも、ああいった番組を観ると、全くジャーナリストなんて信用できないね、という気持ちになるが、今回は全然そんなことはなく「えらいなあ、プロだなあ」とさえ思った。あんな精神状態の人にちゃんと質問をできるなんて、本当にすごい。見習いたいくらいだ。それに、私だったら途中で具合が悪くなって取材をやめてしまうだろう。

特に産後すぐの私には、大きなショックだった、あの、奇妙な育てられ方をしている子供たち。仮面をつけて、学校にも多分行かず、代理母が次々に産みまくって増えていって、お金で育てられる子供たち。気が向いたときだけいいふうにだけ愛情を与えられる、彼のペット、おもちゃ。

それからタイの男娼《だんしょう》みたいな、あの、親友だとかいう媚《こ》びた子供。

本当に愛している、というのは、そのもののために、犠牲になろうとするのではなくて、自分の時間を喜んで割くこと、そして、相手の幸せを冷静に考えること。離れたほうがいい場合は、離れることも含めて。

そのどちらも彼は満たしていない。

ああいうことって世間には実はいっぱいあるんだろうけど、マイケルだから表に出てきたんだろうけど。
まあ、天才だからといって甘やかされた結果だろう。実際天才だし。
大人なのに子供の心を持っているなんて、いいことでもなんでもないな、と思えた。
にしても、犯罪者と紙一重の精神状態……彼の人生はつらさの連続なんだろう、い
ちばんつらいのは本人だけど、本人が救われたくないようなので、誰も救えない。彼
に本当のことを言う人は、みんな縁を切られる。身近にももっと小さい規模で似た話
がけっこうあるから、そのしくみがよくわかった。

2月25日

マナチンコはものすごく泣いていても、乳がしだいに近づいてくると、デジタルに
にこにこ顔になって、すごくずるがわいいしぐさをする。なるほど！　と妙に納得し
てそのずるがわいさを楽しむくらいしか、することがないっす。
しかし、なぜか（みなさんの遠隔ヒーリングのおかげだろう）、立てるようにはな
った。
レントゲンなどでは全然治っていないのだが、かろうじて歩ける。そして「それで

も歩かないで安静に」と強く言われたのだが、歩けると多少歩いてしまうのが、人情！

というわけで、気をつけつつ伝い歩きの日々。

2月26日

整形外科に行く。久しぶりに外に出たけど、なんだか春めいていてびっくりする。早くあったかくならないかなあ！

レントゲンではやっぱり変わらず。薬も注射も今はやめたほうがいいでしょう、ということでまたしばらくして診てもらうことになる。ちょっとがっかり。整形外科って痛そうな人でいっぱい。骨折の人も大変だよな〜、でも、新生児がいるというのが今回の大変さのポイントだ。

モスバーガーなど買って、帰って片手で食べながら乳をやる……UAさんが前ラジオで「子供がいると本当に冷蔵庫の前で立って食べることが多くて驚いた」と言っていたが、本当だった。

しかも乳をやっていると腹がへってしかたありません、体重もどんどん減る。嬉しいくらいだ……ますますやせて、ダイエットなんかしなくて全然よかった。

春菊さんとメールのやりとりをしているが、まるで育児の生き字引……やっぱりキャリアが違うって感じで、頼もしい。今になって「私たちは繁殖している」シリーズについて新たにわかったことは、彼女の絵の表現の正確さだ。赤ん坊を描いている部分なんか、全然大げさに描いてない。正確ということは冷静ということ……はかりしれない人だと思う。

2月28日

慶子さんが来る。おいしいおにぎりと、介護用の風呂《ふろ》イスを持って。

これがまた、赤くてかわいいし、優れている。

このところの優れもののメカナンバー001〜003は「トコちゃんベルト」「ホットルベビー」(この製品を作っている王様のアイディア研究所……じゃなくて、中川製作所というところの人たちはみなすごく親切だった。プロジェクトXって感じ)そしてこの赤い「介護用風呂イス」だ。

これで風呂に入るたびにイスに骨が当たる痛みで泣くこともなくなった。

いっしょにお昼を食べ、鈴やんのインタヴューを電話で受け、ミーティングをして、これからの予定などたて、手伝いをしてもらい、解散。ノブヨさんからのすばらしいヴェレダの化粧品セットとか、インゲさんからのブランケットとか、朝日出版社の人たちからのかんぞうちゃんの犬とか、ダ・ヴィンチの人たちからのかわいいおもちゃと果物とか、てるちゃんからのプレゼントとか、いろいろなものを受け取る。ありがたし。

最近のマナチンコは夕方泣く。そして乳が足りないらしく（私から乳が出ていないわけではなく、とにかくよく飲むのだった……）、いくらでも飲む。そろそろミルクを足しどきかなあ、と思う。そのうち私が出かけることもあるわけだし。よく言われる「母乳とミルク問題」だが、これまた個人差がむちゃくちゃある問題なので「無理がないように」するのがベストだろうと思う。お互い楽で、愛情が持てる範囲を見いだすことだと思う。たくさん出る人の「出ないのはあなたが神経質だから」的な無神経な意見にも耳をかたむけず、はじめからがんばりもせずミルクの人を責めるでもなく、自分の健康状態と、人生の形と、生活の時間帯なんかと相談して、じっくり決めていくことかも。だって、子供が２５００か４０００かですでに全然違う問題だから。血がきれいになるという、豪華いちご（平林さんがくださった）をたらふく食べる。

3月1日

大雨の中、手作りのぶり大根を持って、なっつがやってくる。すごくおいしかった。そのぶり、というかカンパチは、稲熊さんが釣って（！）送ってくれたもの。

ものすごい天候の変化に体がついていかない感じ。誰もがそうだろう。

マナチンコも泣きっぱなしだ。でもまたデジタルにずるがわいくなる顔のかわいさで、なんとか自分も大丈夫。でも、貧血でふらふら。吸いつくされた〜。

だいたい授乳って、一方的なものかと思っていたら、共同作業なのですね。お互いの力を出し合わないと、絶対に成立しない。人間って、大変だなあ。幼い頃からこんなにやることがいっぱい。アステカの言い伝えどおり「ここには完璧《かんぺき》な満足はない、ここは求め、働き、与えるところなのだ」これが人生。

「ダーマ&グレッグ」が再開したので喜んで観たら、ダーマが車椅子《いす》に乗っていた。同じ境遇……っていうか、あっちのほうが深刻。ドラマとはいえ、彼女はすてきだなあ。

しかもマヤちゃん目当てで観ていた「しゃべり場」の人たち、卒業……私の大好きな、対馬《つしま》くんをもう観ることはないのか。私のたったひとりのアイドルだったのに！　マナチンコもあんなすてきな男の子に育ってほしいものだ。そして高村薫先生のかっこよさにしびれる。たたずまいからして説得力大。ぜんぜんぎすぎすしてなくて、むしろ懐《ふところ》が深い感じ。

リフレクソロジーの担当のお姉さんから、涙が出るような温かいファックスをもらう。そして、美容院のお兄さんも、事情を話したら、定休日に切ってくれるという。ひとつの場所に長く住むことのすばらしさを感じる。ここで暮らしてきた地味な日々の中で知り合った人々との、時間をかけて得たつながりだ。

このあいだヒロミックスさんが手紙に「ばななさんはいろいろな人にとても愛されていますが、それはばななさんが愛をたくさん与えているから」と書いてあって、それにも涙が出たけど、やはりそれが人生の基本だと、思う。持ちつ、持たれつ。私はつい自分がたくさん持たなくてはと思ってしまうタイプだが、甘えるときにはちゃんと甘えることができるようでもありたい。今回はその人たちに甘えていろいろ打診してみたけど、たとえ断わられても全然大丈夫な関係だからこそ、安心して甘えることができたのかもしれない。

3月2日

静かな日曜日。

ランちゃんからもらった「育児の百科」を真剣に読む。すごく有名な育児のバイブルだ、内容もすばらしい。それにこの松田道雄さんは、何と言っても文章がすばらしいので、感動するところが多い。形よりも人間を見ろ、個性を見ろ、とくりかえし描かれている。さすがランちゃんだ。エリカ先輩もすすめてたっけ。

でも何よりも「台所においてあるふきんと称する一種のぞうきんは、ハエやゴキブリには喫茶店のついた運動場に見える」っていう表現がおかしくて、げらげら笑い、そのあとしばらくしてふきんを捨てた私。だって、見るたびに「喫茶店のついた運動場か……」と思ってしまうんだもの。う～ん、役立ってる！

関さんにミルクを足すか砂糖水を足すか相談。どっちでも今はいいのでは？　と言われる。

姉がひなまつりのごちそうを持ってやってくる。動物に襲われつつ、甥《おい》っ子をやっと二十五分間くらい抱くことができた姉だった。姉にもどっちかを足そうかねえ、と相談したら、さすが動物という動物を育てただけのことはあり「いずれにしても生き物が満たされてないのを見るのはつらいから、気軽に足したほうがいい」という意見だった。

このところのごちそう、なだ万の弁当は高いだけあっておいしいけど、やっぱり人の作ったごはんがいいなあ……と思いつつ、おいしく食べる。

3月3日

そしてミルクをあげてみたらおぼっちゃまは「まずい」とおっしゃる。お母さん、ちょっとごきげん。やっぱり私の乳のほうがうまいよな！ と（親バカというよりもただのバカ）。なので、砂糖水をちょっと足しつつ、うまく休むことにする。

なっつと抱っこひもの研究をするが、赤ん坊を含めて三人でツイスターゲームをやっているかと思うくらい、むつかしいことになってしまった。なんなのだろう。いまいち解せないままに終わる。

これもまたすぐれもののメカナンバー004、ユカタン半島の知恵を現代によみがえらせた青葉製のトコスリングに軍配があがるのだろうか？ くやしい、こんなに宣伝している自分がくやしい気が。

夜、アルコールと蒸留水がいっぱいに満たされた消毒液が入ったでっかいタッパーみたいなのを、ふらついて落として割って浴びて大騒ぎになる。自分は全身消毒されて、床についていた猫のおしっこの匂《にお》いがすっかり消え、今晩は哺乳《ほにゅう》瓶なしでがんばることになってしまった。やっぱり思うように動けないと悲しい。マナチンコを落とさなくてよかったです。

なんだかアルコール臭い、自分が。

夜、もうどうしても奥の部屋で寝るのがいやで、足が前に進まないほどだった。そしてベッドで寝ているタマちゃんに顔を埋めていたら「ここに早く戻りたいな」と涙が出てきた。

ペットシッターの大竹さんが、オルガン教室を休みたいときに足が前に出なくなると言っていたが、まさにその感じだった。

「気」の本に、今の日本家屋には床下がないので、窓の下からの気がカーテンの隙間《すきま》から、全部ふとんで寝ている人間に来てしまうそうだ。だから、現代の家屋に住んでいるなら、せめて長いカーテンにするかベッドで寝ろと書いてあった。それを、このところ身をもって感じていた。全然休めないのだ、いろいろなうるささで。窓の外が静かな場所ならいいらしいが、墓場があるのと、通勤路があるので、あらゆる意味でうるさいのだ。しかも西日をずっと浴びていると気が腐るというが、それも本当。私の友達でも西日ばっかりの部屋に住んでいる人はノイローゼになりましたし。なので、思い切ってまだ無理かな？ と思いつつも、ベッドに復帰することにする。ヒロチンコも喜んで手伝ってくれて、ついにひきこもり、たてこもり生活は終わり、自分の寝る場所、朝は東から光が入ってくる場所で眠ることができるようになった。

寝る場所とか頭の向きって本当に大事だと思う。だって寝ている間は無防備だから。まず自分が休めて嬉《うれ》しいことをしろ、それは全《すべ》ての人から受けた、同じアドバイスだった。そして、タマちゃんって不思議な猫だ。いつも、なんとなくなにかを教えてくれる。さすが「ハゴロモ」のるみちゃんのモデルになっただけのことはある。

3月4日

ものすごくゼリ子がうるさかったけど、親子三人で寝ることができたので、元気が出た。

そして、午後は髪の毛を切ってもらう。軽くなって、夢みたいだった。それに、お店の人たちの優しさが身にしみた。これで髪の毛のことで毎日ぐずぐず時間をとられなくてすむ。切っている間、マナチンコはとてもおとなしかったけれど、車酔いしたみたいで、ちょっと吐いた。車酔いで吐くなんて、子供っぽくて……かわいい～。

でもすぐにごきげんになって乳を飲んでいた。

それからラブちゃんの抜糸、経過良好。まだ触ると顔をしかめる。

夜は栗田さんからいただいた、食べきれないほどの、塩蒸しの鯛《たい》一匹！　をおかずになっつも含めてみんなでごはんを食べる。すごくおいしかったし、家の中が華やいだ……残りは鯛ごはんにすることにする。

届いたとき、私は紀伊國屋《きのくにや》の本だと思って、なっつに「紀伊國屋だった？」と聞いたら、

「いえ、珍味です」と答えが返ってきた。見ると箱には本当に「珍味」と書いてあったのでどきどきしたが、見事な鯛が出てきたというわけです。おかしいやりとりだった。

3月5日

夜中にビーちゃんがものすごい知恵をいろいろ使って、ドアを突破して部屋に入ってくる。怒るというよりも、感心してしまった。そんなにしてまでいっしょに寝たいというのがものすごくかわいいが、今は出ていてもらう。

どうせ昼間猫の寝ているわきでおしめを換えているのであまり意味がないけど、はじめの一ヶ月くらいは気をつかおうと思って。それに顔に乗られたら、まだ寝返りがうてないのであぶないし。

夜は、歩けないのでいろいろな策を練って、一時間ほどロイヤルホストに行く。大変だったけど、すごい気晴らしになった。ひとりで歩いてマナチンコを連れて外出できないのはつらいけど、ヒロチンコと力を合わせていい思い出になった感じ。ハンバーグを食べた。ふたりでロイホの椅子にマナチンコを寝かせて「自分がこんなことしてるの信じられない」と言い合う。

妊婦……そして何か大変なことがあり、ほとんど意識不明の毎日……いつのまに赤ん坊がいる！　って感じだ。途中はもちろん忘れてないけど、なんか、意識がないくらい大変だった。

やっぱり、ものごとはとことんやるべきだと思う。私はひとりでいつでもお昼を食べたり、晩御飯を食べたりしてきた。もうそんなことにあきあきするくらい、ひとりでずっと散歩したり、お茶したりもした。それからヒロチンコとふたりでもいろんなところに行って、いろんな楽しみや苦しみを味わった。それから仕事の打ち上げや打ち合わせでおいしいものも山ほど食べた。数え切れない人と会った。もちろんあきあきはしなかったが、やりつくした感があるほどだった。十五年も、昼間ひとりで自分と向き合いつつ働いていれば。その良さも空《むな》しさも充分知った。

これには最近結婚した（おめでとう！）マーちゃんも大きくうなずくだろうと思う。だからこそ、今（歩けないのは別！　として）子供づれで自由がきかないことに全然閉塞感《へいそくかん》がない。この世には、ひとつ失えば別の楽しみがとってかわるという法則がある。別の楽しみに目を向けさえすれば。今つらいことは、大好きなこと「映画館で映画を観《み》る」ができないのがちょっとね、というくらいだ。

3月6日

夜中じゅう、吸い取られた〜。

大家さんは「乳をもみに行こうか？」と言ってくださり、平尾さんは「余るならいつでも吸い出しましょう」と言ってくださって（？）いるが、そんな必要もないほどの飲みっぷりでマナチンコは飲み続けているのだ。

京都のまゆみちゃんから、ものすごいパワーを感じる手紙と、贈り物が届く。

前にいっしょに行ったお店の数珠《じゅず》と、マナチンコの蝶《ちょう》ネクタイ。

まゆみちゃんは、いつでもありのままで、力強い。はじめて会ったのはオーストラリアだった。もういろいろな人に会いつくして、その仕事も「いつもの仕事」という感じでゆるくのぞんだ私だったが、その仕事が終わるときには石井竜也さん（の仕事だった）に長年楽しい音楽を聴かせてくれたお礼ができたことの嬉しさと、まゆみちゃんやその仲間たちと別れるつらさでいっぱいだった。まゆみちゃんはワイルドで、はっきりしていて、自然が大好きで、でも育ちのいいお嬢様で、オーストラリアの大自然の中で堂々と、のびのびとしていて、運転がうまくて、型破りで、いっしょにいてすごく楽しかった。人と別れる寂しさで泣けてくることがまだあったのか！ と思うようなフレッシュな出会いだった。

でもその後も京都と東京に離れながらも何回も会えたし、河合《かわい》先生との対談の表紙をまゆみちゃんの家で撮影したり、縁は続いている。

手紙に、こんなふうに力をこめることができるのは、彼女が余計なものを身につけていないからだろう。余計な情報も、こうでなくてはというしばりつけるものもなくて、ただ彼女の魂がずっしりとつまった手紙だった。ありがたい。

3月7日

スズキさんが、大雨なのに、うちに来てくれてリフレクソロジー。足の筋肉が退化していて、皮膚もゴムみたいで、驚かれる。しばらくは人の足のように感触がなかったけど、次第に温まってきたら体中が温かくなった。すごい技！

でも彼女はもうすぐ修行でタイに行ってしまうのだ〜、お互いに人生の転機って感じだ。

もしももんでくれるというつながりでなくても、スズキさんのことはとても好きなので、旅立つ前に会えて嬉しかった。旅立つまでは、ひまをみて来てくださるとのこと、ありがたい。

病院にリフレクソロジストが常駐していたら、床ずれとか静脈瘤《りゅう》とかギブスがはずれたあとの足のケアとか、とてもいいと思うんだけど、そういう世の中になるといいですなあ。

夕方慶子さんが立派なお弁当とかお祝いとか持ってきてくれる。ふたりで団子など食べ、打ち合わせ。香山リカさんやイヴの山元さんから、かわいい服が届く。エリザベートからも。エリザベートのプレゼントには小さいぬいぐるみもついていた。エリザベートは、たまごっちに凝っていたとき、たまごっちのぬいぐるみを全部持っていた……。そして「おやじっちをあげたいところだけどな」と言いつつ、私に、あの、ごく普通に育てるとなる、ちょっとくちばしのある奴《やつ》のぬいぐるみをくれたものだ、と懐《なつ》かしく思い出す。

3月8日

近所の大好きなおばあちゃん藤澤《ふじさわ》さんに電話。早く見せたいな、マナチンコを。そのためにもまず自分が回復！

藤澤さん「昔は大きい赤ん坊は命に関わったから、妊娠後期は帯をきつく巻いて、赤ん坊が育たないようにしたものよ」

マジすか？ そうか、促進剤も帝王切開もない時代はそんな工夫が。帯なんか一回もせず、のびのび育てた結果、これでした。

そして、大きな赤ちゃんだと、親がその成長を見守るのではなく、追いつけなくて追いかけていくことになるだろうと予言された。おばあちゃんたちの言うことって、深い。

それからエリザベートにも電話。いただいた服が今着れると言ったら、大きさに驚かれた。いろいろしゃべってのどかに過ごす。

夜は思わずユーミンを観て感動する。青春時代（と言っても80年代までだけど）に聴き込みすぎたので「昨晩お会いしましょう」くらいまでの歌詞がほとんどそらで歌える自分にびっくりする。影響受けまくり！

そして友達の武内《たけうち》くんのことを思い出し（彼は私がちょうど音楽を聴かなくなった頃から後、ユーミンファンクラブの会長をやっていたのだった）、電話する。武内くんは私と全く違う世界に生きているし、価値観も違うんだけど、なんかこう……熱い友情？というかなにか深い縁を感じる。高校の時の友達で、今も密で家族ぐるみのおつきあいっていうのは結果、彼だけかもしれないなあ。まわりも不思議だと思ってると思う、この仲のよさ。つきあいが長いと、声を聞いただけでほっとしたりする。

彼も4200で産まれたとのこと。おお！　私の男友達、今乳を吸っている彼も含めて、ほぼ全員、4000以上。

これにはどういう理由が？ でかいもの好き？

そして楽しみにしていたマイケルを観るが、もうわかっていたことばかりでいまひとつふるわなかった。本人に全然悪気がないっていうのが、最高に悪いところ。

そして、まわりの人たちは全員、お金の匂《にお》いがぷんぷんする。まあそれがショービズ界に生きるっていうことなんだな。

でもダンスのこととなると、彼の発言にはいきなり神が宿る。踊りはカウントしているうちはだめだ、観ているものに絶対にカウントが聞こえてしまう……っていうのは、フラダンスをずっと見学してた私を大感動させた。そうか、それが素人《しろうと》とプロの差か！ まあ私はカウントを踊っているようなものなので、自分はおいといて。

本人は無邪気に信じ、まわりは金を求める……これもよく見る構図だ。

それよりも「ダーマ＆グレッグ」が今の私にはずきりときた。あの前向きながんばりかた、あのおちこみかた、まさに車椅子《くるまいす》の気持ち。みんなそうなんだな、と思って、もっと長くかかる人たちのことを、いろいろ思う。

3月9日

やっと……一ヶ月たってやっと、親にマナチンコを見せに行く。

この時期、みんな死にかけたものだ。姉から「彼は破壊と再生の魂なんでは？」と言われたが、本当にそう思う。ちなみに私はまだ破壊されて再生の途中……。

行きに、やけになってびっこをひきつつ着のみ着でさらにマスクでギャルソンに行き、一瞬で春ものをどばっと買う。森尻さんが的確でおしつけがましくなくいろいろ選んでくれた。ここにもプロが！

ハルタさんのくれたオキーフの本をじっくりと読んで、「この時代にこの生き方は、まわりからみたらすごく変だっただろう」と納得し、わけのわからない自信をつけた私としては、もういいんだ、ちゃんと仕事してるんだからみすぼらしいかっこうで行っちゃえ、という感じで堂々と買い物……だって、店の中、異常にこぎれいな方たちでいっぱいだったんですもの。

やっと実家にたどりつき、親の喜びを見て、やっぱり産んでよかったと心から思う。まあ妊娠した瞬間から、産まない人生の夢をみんな修正してしまったのでどうせよかったと思っていたけど、親のエネルギー状態がぐぐっと上がったのを見て、ああ、新しい命にしかできないことはあるなあ、と思った。

そしてかけがえのないものができるおそろしさをますます思う。

よくこんな責任重大なポジションに産まれてきたな、彼は。だって、どっちのジジババ（といってもヒロチンコのお母さんはもう亡《な》くなってしまったけど）にも初孫で、親はふたりともうけっこうな歳《とし》で、変わった職業、で、多分一人っ子で、男で。私だったら「たいへんそうだな……」と思ってつい別の家に産まれることにしてしまいそうだ。えらいぞ！ そしてきっとのんきくんだぞ！

ちょっとごろごろさせてもらって、姉のつくったおいしいごはんを食べ、何かをやりとげた気持ちでほっとしたのがよかったのか、ますます乳が出はじめた。出すぎというくらい。精神的なものと肉体の直結を感じる。

3月10日

なんだか偶然が偶然を呼び、動物のことで、家に出入りしている人とものすご～く後味の悪い出来事があれよあれよという間に起こる。

しかもそのことで人々と泣いたり笑ったり、悔やんだり、なんともいえない。なっつやペットシッターの大竹さんにまで相談してしまった。その人たちは動物が好きだから、おおむね私と同じ意見だった。

やっぱり動物が異常に好きってことは、異常な女好きや子供好きやアイドル好きと同じように、そうでない人には理解不能なんだろうなあ、と思う。自分が好きだからって、人がそうとは限らない、という視点を大切にしなくては。あと、自分は好きでなくてもその人が大切にしているものについても。

にしても一日中、ショックや寂しさやあれでよかったのか？　という気持ちでもんもんとする。先方もそうだろうと思い、ますます気が重くなった。

この事件で感じたことは「たとえその場はつらくても悔いのないコミュニケーションをとったほうがいい」（いつもできなくて逃げてしまうけど）ってことと、北山耕平先生の言葉「あなたがお金をかせぐのに忙しくて自分でするひまのないことをあなたにかわってやってくれる人をやとうために、なぜあなたがわざわざさらに忙しく働いてさらにお金をもっともっとかせがなければならないのですか？」だ。

特に後者は、どういう生活がしたいかと考えるとき、いつも私の中にがつんとくる。よりシンプルに生きられるように、考えていこうと思った。

異常にしょんぼりした気持ちにもなったし、人の恨みもかったので、すごくつらい。

でも……（スズキさんにこのネタはネットでは危険だと言われたにもかかわらず）、奈良《なら》くんの好きなあややの踊りを見たら、一瞬、全《すべ》てが吹き飛んでしまった。すごい、あっぱれなアイドル力。だって……新曲、すごいんだもん！ 内容もすごいけど、振り付けが、すごい。特にあの「ぽよ〜ん」っていうところ、何回見ても、絶対に飽きない。しかもかわいいし……。男がアイドルを見て元気になる気持ち、ちょっとだけわかった。

3月11日

昨日の出来事が、半分くらい解決して、半分くらい悪化。解決した点はすごくいいところがあったが、悪化した点は最悪のシナリオだった。

気持ちのもちようというのは大切かもしれない。

恐怖は恐怖を呼ぶ。戦争についてもそういうところがあると思う。先取りした恐怖は過剰な防衛につながり、現実をゆがめてしまうというところも似ている。

でも楽天的になりすぎている人を見るのもあまり好きではない。地に足のついた解決を考えるのが好き。

たとえ最悪の結果になっても、なくならないものはなにか？　というところを考えると、どうしても「愛」という安直な結論になってしまうが、多分真実なのだろう。人が人を殺してもなくならないもの、人がひどい死に方をしてもなくならないもの。

私がひとりの人にひどく恨まれることがあるとき、いつでも思うのは、私を理解してくれ、愛してくれる強い力を持った人たちの笑顔だ。今日もたまたまそういう人たちからメールがたくさん来て、元気が出た。

たとえば大野さんがオーロラを見に行った、そのことは私の体験ではない。でも、大野さんがオーロラを見て笑顔で帰ってきた、それは私にとって力になる。嬉《うれ》しくなる。

夜は焼肉を食べに行って、そこの家族に赤ちゃんを見せる。喜んでもらえたし、ワカメスープを飲み、肉を食べ、幸せな気持ち。家族っていいなあ、とその家の人を見て思う。もし何かがひとつずれていたら、彼らは、今評判のあの国の人たちだったかもしれないのだ。

どの国にも、いるのは、血の通った人間だ。政治家やＴＶで見る人だけではない。

スズキさんが来てくれて、リフレクソロジー。

毎回血が通ってくるのがわかる。足がスズキさんの手のひらを喜んでいるのもわかる。で、せっかくゆるんだ体も、育児で無理してまたちょっと悪化する。三歩進んで二歩下がる毎日。

「子供がひきこもりに育つのと、オタクと、不良とどれがいやだろう……」とか「でも劇団系も困る」「サーファーも困る」「バンド系も……」などと語り合う。そしてチャレンジャーの彼女は、突然近所にできた「いろいろなマッサージとチャネリングと占い」をいっぺんにやってくれるところに行ってみると言っていた。なんだかいっぺんすぎないか～？

3月12日

なっつが買ってきてくれた「サイン」。またまた観《み》る。そして、思う。私はこの映画、やっぱりそうとうに、かなり好きだと。もしかして人生のベスト10に入るかもしれない。この人物たち、そして「ナイト・オブ・ザ・リビングデッド」に似ているところがあるところも、夫婦の最後の会話も。あと、テーマも、自分の作品にかなり重なる。

映画って観続けていると、たまに、こういうことがあるから、やめられない。いい映画はいっぱいあるけど、人それぞれが「私の映画だ」と思えるような映画がたまに存在する。私の場合、これはまさにそれだった。

今日も春菊さんに質問してしまった。あつかましいとは思いつつ！　それで、やっぱり心強く思う。あれだけタイプの違う子供たちを育て続けているっていうのも、頼もしい。それに会ったとき、みんないまどき珍しく子供らしくて、尋常じゃなくかわいかったし。

3月13日

授乳しやすいようにちょっと椅子など動かす……ばたばたしていて、地震に気づかなかった。どうせ今、自分が歩いているだけで、地震のように揺れているから。

そこにランちゃんからのすばらしい、おいしい品々が届き、クリスマスのよう（？）。

ありがたく受け取る。パスタもおいしそうだ。紅茶も嬉しい。家の中が楽しくなるものばかりだったので、気持ちが明るくなった。

なっつがみーさんとスイセイさんからのプレゼント、手づくりのまな板を取ってきてくれる。すごい……いい感じのなめらかな表面で、使いやすそう。さっそくオリーブオイルで磨き、乾かす。

親しい知人の病気はかなり重く、まわりじゅうがものすごく悲しんでいる。私も気づくと涙が出たりしている。でも、その家の人は明るく「いいからまほちゃんは年寄りのことなんて考えないで、これからの命のことを考えてよ」なんて言ってる。

普段てんで子供っぽい年上の友達に「私、会ったら耐えられずに泣くかも」と言ったら、

「じゃああたしは泣かないでおくよ、だからあんたは思い切り泣きな」と言われた。

こういう時に、人の全てが出ると思う。

私も素直に、このことに心を開いていきたい。

ところでこの間書いた小説……新しい単行本の表題作になるもの……今になって思うと、自分の書いた小説の中でいちばん好きかもしれない。そう思うのは今だけかもしれないけど、そしてもちろん一般受けしない内容なんだけれど、はじめて「この小説、好きだなあ」と思えるものを書いたかもしれない、嬉しい。

3月14日

仕事場に「女性自身」の人がいきなり来る。芸能人！

でも、インターフォンで「恥骨、恥骨」って言わないでほしい〜。はずかし〜。

あいかわらず噂《うわさ》の雑誌もあることないこと書くのが上手。金を貸したのは改名前だっちゅ〜の！　まあどうでもいいや。この日記に書かれていることが、本当。

まあ、人に見せるものなので、全ては書いてないですけれどね。

慶子さんが来るなり腕まくりして、激しくイタリアンを作ってくれる。まずはお茶でも、と思っていた私は、ただただあっけにとられてパスタを300グラムぐらい食べてしまった。

ではミーティングをはじめよう、となって手帳など出したのだが、私がつい「ももたさんもゴリエちゃんが好きだって！」と言ったのがきっかけで「ワンナイ見ました？」「見た見た、メロンちゃん最高！」と五分くらい語り合ってしまった。

でも、そのあとちゃんと打ち合わせもしました。

最後にフラのふりつけのわからないところを聞いて、それでもわからなかったので踊ってもらった。

そして……慶子さんが「お〜いお〜いお〜いお〜い波〜！」と腰を振って踊っている間に、慶子さんの車がうちの前から、静かにレッカー移動されていたのだった……。笑ってはいけない、と思いつつ、涙が出るほど笑ってしまった。

3月15日

検診。一ヶ月で、4800グラムに。

懐《なつ》かしい人たち……なんだかいっしょに合宿に行ったことがある人たちみたいだった。助産婦さんたち、看護婦さんたち。あの人たちを短い時間にぐっと心開いて愛したことが、私の人生を変えたと思う。私も血みどろだったが、あの人たちも汁まみれ、徹夜、寝起き……いろいろ。ほくろの形まで懐かしい。

そしてすばらしい人相の浦野先生……。

内診で、出血が止まらないのは歩いてないからだということがわかり、ほっとする。いつまでもだらだら血が出てるから、どこか悪いのかと思った。

マナチンコは関さんが大好き。とりあげてもらったのがわかっているんだなあ。お話をちゃんと聞いている。「すごく大きいのに、顔はきょとんとしていてやっぱり新生児ね」って……そんな！　そして、みんな私のコートについているふさふさした毛に注目していた。私は、ぜひ、松葉杖《づえ》ついてないのに一応歩いているのに注目してほしかったのに〜。

Cafe Cafe でお昼を食べて、またひきこもり生活へ。実家など、けっこう出かけてはいるんだけれど、自分で移動できないから。

夜はまたもユーミンに感動し、飛石連休がどうして一位でないのか解《げ》せない、と思いつつ、ランちゃんから送られてきたアイスを食べる。小さな幸せ……。

遺伝子の番組を観て大泣き、さらに小湊さんのあったかい手紙を読み涙、根本さんの熱いハートがこもった銀製品にじんときて、藤井さんのすごい豪華なアルバムに写真をはって、竹井さんのイルカグッズに親戚《しんせき》のおじさんみたいな優しさを感じ……とにかく忙しい感情生活。何か、子供といっしょにどばっと栓がとれて、今までの出し惜しみ人生がばかばかしくなってきたような気がする。

時間をかけて、この人たちとまたいい仕事しよう。たくさん時間をかけてだが。で、藤井さんとは、息子さんも含めて、夏、つわりがひどくて部屋にひきこもってあまりしゃべれなかったので、また海で会えるのを楽しみにしよう。とても仲のいいご夫婦、見ているだけで「夫婦は一生男と女でいたい」と思う、いいカップルです。

子供たちも仲良しで、すごくきれいなお顔。やっぱり人生そうでないと！

3月16日

鈴やんがわざわざ女性自身の見出しを考えてくれた。

「よしもとばなな、地獄の出産体験！　ああ、恥骨がさける！」

おめ～はうちをやめて女性自身の編集部へ行け！

っつ～のはうそで、げらげら笑った。鈴やん……永遠の愛を捧《ささ》げます。事務所の女子一同で。

死に物狂いで青山ブックセンター自由が丘店に行く。そして桜沢先生の育児マンガや、横森理香さんの出産エッセイを読む。同じところで産んでるので、臨場感ばりばり！「先生がバカボンみたいで」ってところで大笑いした。そして私が入院した部屋がうらぶれた6畳間だったところも、しっかり書いてある……。陣痛のこともすごくリアル。もう、あまりにうまい表現で、大笑いした。

そしてモヨコさんの「花とみつばち」最新刊を読んで、息が苦しくなるほど笑う。乳をやりながら読んでいたのに、あまりにも笑ったら子供が乳首からはがれてしまった。すまん。

マナチンコの感情表現がいきなり増えた。

これまでは「乳がほしい」「泣く」だったのに、「あやされて満足」と「もう乳はいりません」が増えた。驚く、この進歩。人類って。

3月17日

なんで酒と縁が切れないのか、家庭環境か？　と思っていたら、高山なおみさんの日記を読んで、すごく納得する。溜飲《りゅういん》が下がったというか、ぽんと手を打ちたい感じだった。

彼女の人生は「女の人生」って感じなのに、どこか男らしい、そういう気がする。

しかしいつまでたっても、寒い。それに、なんとなくだけど、夜が暗い。心細くて、いろいろなことが不安な感じがする。産後のホルモンのせいかと思ったけど、違うみたいだ。敏感な人はみんなそういう感じがすると言っていた。

戦争が始まってしまうからだろうか。

しーちゃんが来る。妊婦！　そしておいしいカレーパンとケーキを作ってきてくれた。カレーパンって……うちで作れるのか？ すごいなあ！

しーちゃんはいつもゆっくり食べ、ゆっくりお風呂《ふろ》に入り、あまり外に出なくても全然いらいらしないでおっとりしていて、そういうところが、大好きだ。でも、お嬢様っぽくてプライドが高いところがあるところも、頭がよくてクールなところも、好き。

一人っ子の鏡だ。そういうふうに育てたいな〜。

マナチンコも、しーちゃんを見てずっとにこにこ。中にいる子供と話してる？ それとも、単に美人が好き？

3月18日

リフレクソロジー、スズキさんがやってくる。

犬たちまた玄関で大騒ぎ。

スズキさん「みんな、少しは慣れようよ！」

本当にそうだ、と思い、おかしかった。

ものの付け根のリンパをみっちりとやってもらったら、なんと乳腺のつまりまで通じた。すごい効果だ。しかもだるくなって歩けなくなり、爆睡してしまった。

ありがたいことだ。ありがたいのに、うちの犬たちはスズキさんの魔法の手に「もんで、押して〜！」と背中を向けてねだってばかりいた。犬のぶんの代金も取ってほしかった。

あまりの忙しさ（とにかく動物たちの焼きもちと子供がえりがすごい、でも家族だから共存しないと！）に、ヒロチンコとあれこれ話し合う。シンプルにする方法について。

リンパが流れたら感情面も流れがついたみたいで、体と心の直結ぶりを感じる。

3月19日

考えたことにしたがって、ヒロチンコと部屋をもようがえ。

新婚の、子供がいない男女の部屋から、いっきょにオープンな感じになった気がする。

しかし動物たちの動揺から来る絶え間ないいたずらでふたりともへとへとになった。

よくここまでいろいろ思いつけるな、と思うような、すごいパンチのある悪いことをしまくる彼ら。でも寝ていると、かわいいので、許せる。

そして遅れつつ実家へ行って、仮眠。ものすごい労働量だった。あまりにもマナチンコが重いので、抱っこするとジジババの腕や腰が痛くなる。いろいろな表情が増えているので、驚かれる。

姉のつくったコロッケを食べて、幸せになり、帰宅。

もようがえのおかげで、やっと、安眠できる。これまでのつくりだと、夜中に猫と犬がドアにアタックしてくるので、うるさすぎて全然眠れず、疲れたのだ……。ただでさえ、三時間おきに起きているというのに！

赤ちゃんに乳をやって寝かしつけていると、お互いにそのまま寝てしまうことがある。

今朝など、乳を出したままいつのまにか寝ていた……。そして、なぜか赤ん坊が先にはっと目覚めて、わざわざ遠い位置から首を回して、突然乳を吸われて私も目が覚めた。

こんな驚く起きかたしたの、はじめて。

そう言えば、お産の時、なかなか子供が降りてこなくて死にそうに痛いとき先生が「よし、子宮口もう全開」と言ったのが、すごく嬉《うれ》しかった。あんなこと言われてそんなに嬉しいなんて、思ってもみなかった……。「芥川賞、決まりました」と言われた時と同じくらい嬉しかったなあ（取ってないって！）！

3月20日

今日、渡辺さんの送ってくださった貴重なローザのライブ映像を見つつ、思った。

玉ちゃんのギターとどんとさんの作風は、全くおりあわないからこそ、面白い。そして、私も、昔病気になって、引退を考えたとき、自分の好きな人、好きなことだけでまわりをかためようと思った。それなら完璧《かんぺき》だ、合わないものは見ないようにしよう、なんて。でも、それだと、何も生まれない。自分ではいいものができたと悦にいっても、大きな目から見たら、ちっぽけな作品になった。

これは、どんとさんの後半の作品がよくないということではなくて（彼はいつでもどこでもチャレンジャーだったから）、ローザの面白さは、その異質さにあったということが言いたかったのだ。

たとえば今の秘書の慶子さんは、全然考え方も生き方も違う。それから、松家さんや森くんだって、きっとそうだ。なっつだって、私の奴隷《どれい》ではなくて、まだまだ若くて経験も少ないのに、必死でサポートしてくれる存在、しかも友達だ。ヒロチンコだって、性格が全然違う。

違うものと、交流して出てくるエネルギーこそが、大きい。

このことを、もっと広げていけば、本当の平和がそこにあるはずだ。違うエネルギーがぶつかりあって、認め合うときに最高のできごとが起こりうる。

自分の中の戦争を、なくしていくこと。自分の中の平和を、楽ととりちがえないこと。

私はそう思いながら、書いていくしか、できない。

今はもう、人が人を殺す時代ではなくなってもいいはずだ。

一日も早く平和が来るように！

どんな考えを持つのも自由だというなら、私は、平和をイマジンして、書いていくしか。

3月21日
このあいだ「天空の城ラピュタ」を観《み》ていたら、突然、さかいに対する愛情がこみいあげてきた。「未来少年コナン」を観るために中学校から早退して帰ってしまっていたさかい、それに、給食のパイナップルが食べられなく午後までずっと居残りをしていたなあ、あと、バレーボールの試合でサーブが来るたびになぜかくるくると回ってしまい、もちろん球は受けそこね、敵の強豪を笑い転げさせていたっけ……これは多分お産の影響だろうと思う。人生の節目だし子供時代のことをいろいろ考えるので、自分の昔のことなど思い出し、懐《なつ》かしい人に対する未清算の愛情がよみがえってきたのだろう。あと、私は中学と高校でものすごいねんざをしていて、今この、恥骨のまわりのじん帯を痛めているのと同じような体型になり、今と同じ歩き方（左をちょっとひきずる感じ）をしていたから、突然その頃の心境になったのかも。体が記憶しているって、面白い。

なのでさかいに電話して、声を聞いたらちょっと泣けた。

本当に、お互いに厳しすぎることがいろいろあったけれど、今は双方幸せでよかったと思ったのだ。さかいは同じアパートに気が狂った変質者がいて、部屋に何回も押し入られそうになり、びくびくして暮らさなくてはいけなかったこともある。お父さんが教育に厳しくて、殴られてでも勉強させられていたこともある。そしてその両親が唐突に引っ越してしまい、高校生なのにいきなり水道とトイレ共同の、戸締りができないようなアパートでひとりぐらしになっていた。

私もその時、子供だったのでどうしようもなかった。今なら、家に呼んででもなんとかするのに。自分の学費は全部自分でかせいで、置いたボールが転がるほどの傾いた家でひとりぼっちで暮らしながら、まじめに働いていたさかい……。

下町でもっとしゃれにならない境遇の人がたくさんいたから「大変だな」と思ったり気の毒に思ったことはなくて（そこが子供らしいいいところ）、ただいつも犬のようにいっしょにくっついていた。

さかいはいつも優しくて、まじめで、すごくいい奴《やつ》だった。

そしていっしょに銭湯に行ったり、ラーメン食べたり、TVを観たり、歌ったり、チャンバラをしたり、絵を描いたりして、毎日のように、ほとんど成人するまで遊んでいた。かけがえのない思い出だ。

お祝いに「ドラえもん」を全巻送ってくれるそうだ。う、嬉《うれ》しい。まずは私、そして子供へ……。

今日は仕事場を少し整えて、なっつに本棚の本を少し入れてもらった。時々、アラーキーや叶《かのう》姉妹の写真集で手が止まっていたが……変な汁でも出してやしないか心配だ……でも、よく働いてくれて、本当に助かる。若いのに、こんな状態の、身動きできない私のためのに、あれこれとバカな仕事でもなんでもやってくれてえらいなあ！と感謝して焼肉をおごる。ヒロチンコがおごったんだけど。

3月22日

マナチンコを連れて、なっつの協力をあおぎつつ、結子の家に行く。女性自身の見出しによればバリッと痛めたらしい足腰（完全治癒《ちゆ》まではまだ半年くらいかかりそう……）のことを思うとちょっと無茶な行動だとはわかっていたが、会いたかったので、嬉しかった。友達は、やはり、電話ではだめ、メールでもだめ。顔を見て、触れて、同じ空間にいないと。

いろいろしゃべってから、炊《た》き込みご飯と煮物をおみやげにもらって帰る。マナチンコもにこにこして、彼女を見つめていた。おなかの中にいるときから、よく会っていたから、声をおぼえているのかも。

この今の日本の空気の中で、何を感じているかがとても似ていて、嬉しかった。外に出られないというのもあるけど、なんとなく出る気にならないようなこの感じ。

それにしても久米《くめ》さんといい、筑紫《ちくし》さんといい、ニュース番組がかなり自由に報道をしているのを見ると、ちょっとほっとして、日本にもいいところがたくさんあると思う。こういう時期は、同じ意見の人と話すと力がわいてくる気がする。

戦争は、本当にいやだ。

3月23日

結子に会ったせいか、ちょっと回復する。戦争とか家からあまり出られないことで、ついブルーな気持ちになりがちだった。しかし、こんなときにニュースを中断して「爆笑オンエアバトル」をやっているNHKって、すばらしい。

仕事部屋で家族そろって、ちょっと動物のいないリゾート気分を味わい、リハビリのためにバリアフリーで部屋に風呂《ふろ》がある温泉を予約。とにかく動かないと、はげちゃいそう。

ロルフィングに行き、骨盤のあたりをチェックしてもらう。まだまだ治りそうにないけど、上半身をゆるめてもらったので、動きが安定する。

夜は満席の「吉華」に行って、赤ん坊を抱えたままでチャーハンを食べる。すごい人気だしおいしいんだけど、全《すべ》てがまるで普通の中華料理屋さんみたいで、ポリシーを感じます。

多摩美の横の道で、今年はじめて春のにおいがした。あまりにもいつまでもしないので不思議に思っていたけれど、やっと春の気配が近づいてきた。暗いムードの中にも、いい感じのことだ。

やせて指輪がみんなゆるゆる。結婚指輪をなくしそうな勢いだ。でも結子が「残念～なんて思ってたけど、このやせ方は全然望ましくない。げっそりとやつれているというか。腹筋がつかえないので猫背、そして骨盤が安定してなくて片足をひきずっている上に、さらにマスクをしていて、なんか、ものすごく、あやしい人になっている。

3月25日

スズキさんのすばらしい技で、またも一段階癒《いや》される。

骨の問題はどうにもならないが、骨の問題でドミノ倒しのようにじょじょにこわれていく他の部分を、すごくうまく食い止めてくれている感じがする。

足の血行、リンパの流れの悪さ、動かないことによる出血や、腸の状態など。すごくていねいにやってくれているので、結果がはっきりと出る。

心からの感謝を捧《ささ》げる。何よりも、彼女の持っている健全なエネルギーに接するだけで、現実を楽しく生きていこうという気持ちになるのが、治癒のきっかけだ。

やっと……「ドリームキャッチャー」を読み終わった。産前から読んでいたなあ。

そして、あまりにも私の予想通りだったので、自分のキングファン歴に感心してしまった。もはや、自分で書けるのではないか（書けへんって）？

が、すごく新しいところが一個あった。この小説は事故後に書かれたもので、そのせいか、作品としては明らかに失敗している。スケールのわりにエネルギー不足だし、闇《やみ》と光の戦いも描ききれていないし、少年たちの友情とその切なさも描写不足で、全体的にばらばらだ。しかし、終章を読んだら、考えが変わった。この失敗感は、キャリアが長くてマンネリになっている（私にも予想がつくストーリーなど）ことの失敗ではなく、事故を通じて彼はこの世のしくみ、その真実について何か新しいリアリティに触れてしまったのだが、それをまだ上手に説明することができず、前のやり方をするしかないから本当に書きたいことに筆が追いつかないということなのだとわかったのだ……だからこの失敗はベテランのスランプかのように見えて、実は「新人作家の、表現したいことに筆が追いつかなかった失敗」なのだった。

あの歳《とし》、この状況でまだ作家として新しく書きたいことを見つけてしまって、それにトライするためにゼロに戻るなんて、なんとすごいことだろうか……。彼のフレッシュな苦悩に感動した。そしてそのつきることない作家魂のエネルギーにも……。生きていてくれさえすれば、必ず、彼はもう一段階上に行くのだろう。ファンとしては見守るしかないし、応援するしかない。

3月26日

中野さんという方から、すごくおいしそうなお米をいただく。作った人の顔がわかるお米、力がつきそうだ。炊くのが楽しみ！　そのほかにもプレゼントがいっぱい入っていて、まるでクリスマスのようだ。心華やいだ。武内くんとそのパパからも、すばらしいフォトフレームが届く。そこに入れる写真がないほどの豪華さだ……。きれいな服着て、あとから撮ろう……。

午後、えりこさんが遊びに来た。犬も猫も大喜び。

生霊《いきりょう》の話などしつつ（若い娘さんのする話題か？）、おかしやごはんやメロンを食べる。メロンはしーちゃんのお母さんのプレゼントだ。熟れていて、甘くて、お酒のようだった。

そして……えりこさんは若い頃から占い師だと聞いていたので「きっと、高卒でいきなり占い師になったんだろう、大変だなあ」と思って尊敬していたが、実は国学院の哲学科を卒業していたことがわかり、驚く。私の頭って学歴社会に染まってる!?いや、違います。そんな勉強をちゃんと天職に役立てているのが、すごいなあという話です。

マナチンコが大量の下痢をして、うんちをぴゅうと飛ばす。

「なんでかしら？」と夫婦で首をかしげたら、えりこさんが一言「飲みすぎだ〜」と言ったのがおかしかった。でも、いつでも乳を飲ませてもらっていると、大人になってからいわれのない不安に胸をもやもやさせることはないそうなので、いいだろう。

そのあとワンナイのスペシャルを観て、げらげら笑って寝る。「クイズシュリオネア」を観て、すごく沖縄に行きたくなった。昨日電話でおじいの声を聞いたので、なおさらだ。

江口洋介《ようすけ》くんは、すごくいい歳のとり方をしていると思った。

昔、車に乗せてもらって送ってもらったことがあるのが自慢の私。もちろんふたりきりだったわよ。なぜ、私よりも森高を取ったのだろう（あたりまえだ……）？

3月27日

午後は仕事。久しぶりにまなみに電話してみる。かなり元気な声になっていて、頼もしかった。やっと、実家を離れ、石垣の家に帰り、家族の暮らしがはじめられるようになりそうで、よかった。

お互いにものすごく大変な日々だったので、会ってもいないのに友情が深まった気がする。まなみが泣いてばかりいた頃、私も泣いてばかりいた。あの悲しさ……ホルモンと状況と暗い世相と冬の寒さがもたらしたあの気持ちは、一生忘れない。それをまなみが味わっていると知り、孤独でなくなったことも。そして、体をいい状態に保つことの尊さも身を持って知った。

まなみちゃんのだんなもすごくいい奴《やつ》、かけねないいい人で、大好き。石垣に会いに行けるよう、リハビリがんばろうと思った。

夜は健ちゃんと焼肉。

漢方の秘薬と、キールのすばらしいセットと、フォトフレームをいただいた。

漢方の秘薬が乳に出てしまわないだろうか？　と思いつつ飲んだら、体が温かくなった。乳を飲んでいるほうも、別にすごくたくましくなったり下痢したりしてないので大丈夫だろう。

たまに、自分の作品がちょっとでも役立つ場面を見ることがあるのが小説家のいちばんの喜びだが、健ちゃんも人生の大きな節目に、私の書いたものが少しでも力を貸すことができて、本当によかったと思う。まだまだ人生は続き、新しいページにもお互い楽しいことがいっぱいあり、縁と友情は続いていくだろう。

私はいつだって自分のことばっかり考えている甘えっ子だから、人に甘えたい。そしてだからこそ、できることならいろいろな友達に毎日会いたい。会って、力になりたいし、笑顔を見たい。でもそうはいかないくらい忙しい人生……せめて書いているものでは素直にコミュニケーションしたい。そして、知らない人たち、知り合うことのない人たちの心も、少しでも照らせたら、それだけで別にいい。大それたことは、考えてない。ますますそうだ。目立ちたいとか有名でいたいとかいうのは、ほとんどなくなった。そのことのつまらなさとかかっこ悪さもいっぱい味わったからだ。

3月28日

花粉症で死にそう。

中野さんの米、まじでうまい。こんな玄米食べたことない。本当においしい玄米は力がみなぎっている。しかもしっとりとしていて、甘い。ううむ！

外食して米とか食べると、いかにうちで食べている無農薬の米がおいしいかわかるけど、上にはどんどん上があるのだなあ。でも、上を求めていくだけだと餓鬼になってしまうから、柔軟性と確かな味覚を育てていきたい。今は、いただいたお米をおいしく残さず食べきりたい。

本当に、家族でできることって、みんなでおいしいものを食べることだけだし、その思い出を大切にすることだけだなあ、と思う。

今どき家族主催で50人規模の宴会をしたり旅行をしている家もめずらしいと思うし、労力もかかるけれど、そういう家に育ってよかったと思う。おかげでどんな世代の人ともしゃべれるし、そういう場所ではごちゃごちゃでいっしょくたなので、すごく嫌いな人っていうのもまずできないっていうこともわかるし、個人の時間を大切にすることも学ぶからだ。

慶子さんとサンドイッチを食べながら、慶子さんが作ってきてくれた甘くておいしいスープを食べ、ミーティング。仕事は、ゆっくりと確実にやっていこうという感じ。

やっぱり会って話すと、いろいろなことがわかるので、仕事がすすめやすい。

3月29日

ハルタさんがバタどらとタルトを持ってやってくる。

ううむ、バタどら、うまい！ 絶妙！

そしてマナチンコをたくさん抱っこして「大きくなったらこわい話もたくさんしてあげるからね〜」とあやしてくれた……。どんな話なのだろう、どきどき。

なっつが晩御飯のための角煮をたくさん作ってきてくれた。すごくおいしかった。

買い物に行ったなっつがあまりにも遅かったので、ハルタさんに「こわい関西弁で電話して、おどしてくれ」と頼んだら、ハルタさんが「今どこなん？」と言っただけでもう彼は震え上がり「すぐ帰ります！」と切ってしまった。

ハルタさんのこわい関西弁の続きが聞きたかったのに……。

ハルタさんって本当に、会うと幸せになる。でも、べたべたした気持ちには決してならない。普通に心から好き。たとえば将来、何かがあって大喧嘩《おおげんか》して、顔も見たくないと思ったとしても、ハルタさんが好きで好きでしかたない、この心は絶対に変わることがないだろう。そのたたずまいの全《すべ》てに彼女の心根が表れていて、それを見ているのが、山や花を見ているような感じで好きだと思うからだ。

3月30日

知人のお見舞いで、病院へ。

やっぱり少し緊張して、どういう顔をしたらいいのか考えたりしていたが、現場に行くと、ただ会えて嬉《うれ》しくて、愛情だけがこみあげてくるし、ふつ〜うの時間がやってくる。

これって、今まで接してきた時間が、関係性を支えてくれるんだと思う。だって、いっしょに仕事していた頃は、毎日会っていたようなものだから、表面とか理屈でなくて、体の言葉とでもいうのだろうか、間合いがふたりの間で育っている。

それにしても、彼は、立派な人だ。何一つ無理してないのに「男」を見せてくれる。男は、やせがまんだ。そして、歳と共にやせがまんが本物になってくる。いっしょに働いていた間、いつでも彼が私たち女の子を守ってくれたことを思い出す。いつでも彼がいれば、安心だった。普通の、ただの人間なのに、もっともっと大きい存在だった。

　昔、母とけんかして家を追い出されてホテル暮らしをしていた私に「大学生なのにホテルに泊まるなんておかしいよ」と言って、その日のうちに「うちにおいで」と言って、泊めてくれた彼。彼のふたりのおじょうさんと子供部屋でふとんを並べて寝かせてもらって、夜中まで女の子同士のおしゃべりをしたっけ。

　少しでも病気がよくなるように、祈るしかできない。

　病院の玄関まで出てきてくれて、ヒロチンコとマナチンコに会ってくれた。お互いに、どこかしらで思っている。「これが、最後かもしれない」でも、今、目の前で生きているから、まだ泣くときではない。彼と過ごしたかけがえのない時間を、まだ惜しむときではない。楽しく会おう、また何回も。

　てるこの本を読んで、泣き笑い。

　でも、とくにしんみりしたのは、東京に住んでいる限り一生、絶対ラオスの人たちのようには暮らすことはないだろう、というところだった。

　本当だ、そのとおりだと思った。

　家の中に大家族で住んでいて、みんなでごはんを食べたり、人が来ても普通に受け入れたり、げらげら笑ったり、悲しければなぐさめあったり、いつでもそのへんに誰かがいるという感覚……人が本当に欲しいものはそれだけなのに、なぜか東京では見果てぬ夢になってしまうのだ。

よく夏、海から帰ると淋《さび》しくなってしまうが、それはみんなが同じ屋根の下にいて、何かあったらドアをノックするだけでよくて、寝ていたらそっとしておけばよくて、喧嘩があれば別々の人に愚痴って忘れればよく、夜はみんなでビールを一杯飲みにいって、笑顔でおやすみと言って、お風呂《ふろ》に入って、また朝みんなに会える暮らしから帰ってきてしまうからだ。

よく考えてみると、核家族なんて全然望んでないのに、この、都会の生活システムっていうのが、どうしてもそうさせてしまう。そしてプライバシーを守れば守るほど、人を拒絶してしまう。それは、外に出て開けていく自然がないから、ひとりで夕日を見ることのできる場所がないから、人ばっかりで人と向き合うしかないから。

それでもせめて私はこの人生、拡大家族を大切にしたい。

3月31日

スズキさんが来て、リフレクソロジー。もうすぐ旅立ってしまう、淋しいな!

自分では全然便秘なんてしてないつもりでいたのに「腸がつまってますね」と言われてぐいぐいと押されたら、夜、考えられないくらい大量のウンコが！

すごいなあ……。癒《いや》しのパワーだ！

自分でも人としての活気がじわじわと戻ってくるのがわかる。しかし……まじで消耗して、死にかけたんだなあ。本当に、昔お産で人が死んだっていうの、実感できる。あの、毎日の、バケツ一杯くらいあるのではないかという出血、こわかったなあ。

注文していたバウリンガルが届く。

これがまた、けっこう正確な気が。

なっつが出先から帰ってきたら、ゼリちゃんが「私元気、君は？」「遊ぼうよ」というようなことを言い出した。

なっつは真顔で「僕は元気だよ、ゼリちゃん」と答えていた。すてきなやりとり、きゅ〜ん！

そして私とヒロチンコが近所まで食事に出ようとコートを着込んだら「なんだかつまんない」とか「もっとイチャイチャしたい」とか淋しさを訴えだし、さらに、タマちゃんにワンワンほえているので見てみたら「本当はもっと仲良くしたい」とかなんとか言っていた。きゅ〜ん！

4月2日

母の誕生日プレゼントとか出版祝いを買いにお店に行ったら、熊倉《くまくら》さんが2人の子持ちと聞いて驚く。いつもきれいな人だが、子供さんのことを話すときの彼女はものすごくきれいだった。今まで「きっと仕事バリバリでおしゃれなこわい人なんだわ」と思っていたけれど、それは自分のほうが勝手にそう見ていたんだな、と思った。すごくいいものを見た。

そしてすばらしい点は、私がそう思っているのが確実に伝わったことが、目を見たらわかったことだ。「この人少し大人になったな」と彼女の優しい目が語っていた。

ソフィーさんもいて「パリの子供部屋」という本をくださった。かわいいというか、センスがいい子供部屋の数々。フランスの人のセンスには、絶対かなわないはずだ。子供の時からこんなところで暮らしているんだもんな。ただGパンをはいて髪の毛をゆわいているだけで、どうしてセンスの差が出るの？ と思っていたけど、こういうのを見ていたら、だんだんわかってきた……。

マリーさんからもかわいいプレゼントをいただいた。前にお店のディスプレイのきれいな蓮《はす》のろうそくをエドモントくんが手にとっても、誰もびくびくしたり怒らなかったのが「なんだか日本じゃないみたいで、いいな」と思った。モノはモノ、人間やその状況が求めるものがいちばん、でも汚いものや醜いものが部屋にあることは許さない、ということなんだろう。

平松洋子さんがおじょうさんに、ごはんの時のお皿のコーディネイトをまかせて、きびしく意見を言って育てたという話に感銘を受けたけれど、そこまでの美意識を持って、かつおおらかにいろいろ見せて育てるのは、日本ではすごくむつかしいと思う。ポットひとつ買うのにも、なかなかシンプルなものが見つからないのだから。それに、なんか深く考えすぎたり、人目を気にしたりしちゃう場合が多い。

実家に行き、姉の菜の花ごはんと鶏《とり》のクリーム煮を食べる。おいしいし、懐《なつ》かしい味だった。

とにかくみんながマナチンコにくぎづけで、赤ん坊のパワーを感じる。

4月3日

ねたみ……昨日いろいろな話をして話題に出たのだが、姉が「そりゃあ人によってはおまえが子供を産んだのを見て、仕事も結婚も、その上子供まで！　と思うだろう」というようなことを言っていた。自分はそういう要素がないくせに、ちゃんとまわりを見ていて、さすが姉だ、と思った。

しかし、そんな単純に人の幸せとか充実度をうらやめるなんて、なんだか、すごいと思う。たいていの人は、どんな幸せそうな人でも、いろいろある。いろいろない人なんか、いない。表に出すか出さないかの違いがあるだけだ。私なんか、すごく出すほうだと思う。いつもぐちっぽいのが自分でもいやだ。

子供ができたら、とても嬉しくてかわいくて仕方ないけど、今までの悩みが全部なくなるってことはない。というか、その側面は全然変わらない。それに、仕事にかけられる時間は半分以下になる。それをどう思うかは私の問題で、書くことが死ぬほど好きなら、寝ないでも書くだろうし、そうでなければ半分以下でやっていくことになるから、お金は入らなくなり、いろいろ縮小したりもするだろう。また、寝ないで書いてもお金が入らないこともあれば、短い時間で書いたものがいいふうに回っていくことも。そして、子供には時間をかけてとにかくいっしょに過ごしたいので、エネルギーは必要だろう。全ては現実的な、あたりまえのことだ。

想像力があれば、すぐにわかることで、いつでも書くけれど、楽な人生なんて、ないと思う。自己弁護をしているのではなくて、そう思う。子供を産めば幸せということもないし、産まなければ不幸ということもないし、それぞれの人生だ。あたりまえか。それぞれの重さや大変さがあって、苦しみがあり、喜びがあり、過ぎていき、いつか終わる。

その中でよい思い出をつむいでいきたいだけだ。

私は、自分のまわりにそういうねたみっぽい人がいないことを、心から嬉しいと思った。

これからも、よりシンプルにそういうふうに生きていこうと思った。

4月4日

せんちゃんが遊びに来てくれた。餅《もち》とか、いろいろなものを持って。

久しぶりだけど、ちっとも変わらずに過ごした。そして健ちゃんのくれた秘薬の中に人の胎盤が入っていたことがわかる。せんちゃんは中国語が読めるのだった。うむ、人の胎盤……「失ったものを取り返せってことですかね」とせんちゃんは言っていました。ああ、共食い！

この輸入、ワシントン条約（？）で許されているのだろうか〜？　やっと春の花が買えるほどに回復した〜！　なっつが来たので、本屋にがんばって行き、そして、花の苗も買う。

しかし寒い！　心が暗くなるほど寒い！

夜中に乳腺《にゅうせん》が腫《は》れて大熱が出て、汗でシーツまでびしょびしょ。腫れたところを冷やしてなんとかしのぐ。そして赤ちゃんは熱のせいでホットミルクを飲むはめに！

4月5日

大雨の中、少しゆっくりしていたら、熱がひいてきたので中止になった花見の代わりの宴会に行く。天候が真冬みたいで、妊娠中を思い出した。お腹のなかにいた子は、今は外に出て寝ている……不思議。こんなに小さいのに、人間なのも不思議。

肺炎だとか、戦争だとか、ろくな話題がないので愛する人々にまとめて会えたのが嬉《うれ》しかった。好きな人たちでげらげら笑って解散するのがいちばん楽しいことだ。てるちゃんも健在。なんであんなに面白いのだろう……。面白いと知ってはいるのに大笑いしてしまった。

てるこ「なっつ、今夜いっしょに帰ろう」
なっつ「てるこさんのお金でめがねを買ったくらいで怒られたら、僕は耐えられない」
てるこの番組「恋するラオス」で話題は騒然、という感じだった。しかし自分の恋愛をみんながTVで観《み》ているってどういう気持ちなんだろう。人ごとながら恥ずかしいよ〜。
鈴やんがお祝いにくれた、藤子プロとつきあいがある私にとってとても政治的に（？）微妙なシャツ……どこにもドラえもんと書いてないのに、そして、すごくバッタものなのだが、とにかくドラえもんだった。そんなものがさりげなく手に入る高円寺ってすごいところだと思った。そしてイールズのCDももらった。軽いブルースみたいなものを想像していたら、実はすごく重い歌詞にびっくりした。両親が死に姉が自殺したのに小さいデイジーのことを歌っているEさんは私の小説に出てくる人のようで、もう「そんな人はいない！」と誰にも言わせないほどでした。

4月6日

花見をするなら今日しなさい、と言いたくなるような天気。目黒川沿いを車で通り、ちょっと花を見る。ものすご〜い人出。

しかし花粉がひどい。ひどいながらも青山ブックセンターに行って本を買い、無理やりサインをしてくる。いやだろうなあ、書店の人。でも他にできることがないからなあ。松浦弥太郎《やたろう》さんの本をやっと買う。ひとりの人があれこれ考えてちゃんとやったことって、小さいようで実はすごく大きなことだと思う。権威に寄りかからず、合わない人々に頭を下げずに、食べていく方法……同じような悩みがたくさん書いてあって、嬉しく思った。そして、規則正しい生活、フラットな日々こそが幸せだというところも、はっとした。私ももしかしてそうなのではないか、と思っていたからだ。無軌道に寝たり起きたりするのを長い間やっていたら体をばっちりと壊したことがあり、その時に自由であることの寂しさとこわさをしみじみと感じた。

あとは「考える人」を買って、体についてあれこれ考える。体のことをつきつめた人々の語ることとは、どれもまるで探検家の話のように面白い。

例のドラTシャツを着ていたら、まじめな話をしている最中にヒロチンコがぷっと笑った。「だってまじめな顔してるのにドラえもんなんだもん！」そうだよね……。

4月7日

スズキさんのリフレクソロジー出張バージョン最終回。タイに旅立つ彼女を明るく見送る。マナチンコもずいぶんかわいがってもらった。

子供をあやしながら、しっかりと受けて終了。彼女が来てくれなかったら、今頃まだ歩けないか、頭の中まで毒素をためたままだったと思う。

何かひとつ階段をあがった感じがする。そして、長い闘病の日々が一区切りついたような。ここ数年、彼女の腕に私の健康はどれだけ助けられただろう。ありがたかった。

淋《さび》しいので、あわただしく別れてよかった！

4月8日

よくやるよと思いながら、群馬の温泉へ。

しかも産前からそうだったが、マナチンコにとって嬉しいことがある日は、すさまじい天気になる。大嵐《おおあらし》で前が見えない中、関越を突っ走った。本人はぐうぐう寝ている。

谷川温泉のわりと新しい宿。とても感じのいいスタッフの人たちがいる宿でした。遅くついたのにちゃんと迎えてくださった。それが「無理してます」って感じじゃない。最近TVに出ていて満室なのに、荒っぽくないのもすばらしい。子供づれの旅行の練習っていう感じで、疲れに行くということはわかっていても、行きたかったので、よかった。人が作ったおいしいごはん、そして小さいけど川が見える露天風呂《ぶろ》、広々としたベッド。

これだけでも、もう、満足した。ずっとずっとうちの中にいたからだ。空気がきれいで、木の匂《にお》いがするだけで、リフレッシュされた。マナチンコをはじめて温泉に入れたら、ゆだったようで夜中じゅうほかほかで、ずっとふとんをはいではじたばたしていた。

4月9日

鈴やんのご両親に会って、鈴やんの子供時代の話を聞く。いつも鈴やんの体の動きを見ていて「特徴的だなあ」と思っていた部分が、子供の頃からそうだったことを知ってなんとなく納得した。きっと、そういうのってずっと変わらないんだろうなと。

男の子ふたりを育てるあいだ、ふたりとも一回も大けがしたことがないっていうのも、すごい。抱っこひもがなかったので、いつでもお父さんがしっかりと抱いて歩いていたそうだ。それを話すお父さんの「きつかったけど、でも、いつもこうしてこの手でしっかりと抱いてましたよ」とにこにこしている顔を見ていたら、みんな愛されて育ったんだな、と嬉しくなった。

マナチンコがお昼を食べている間中寝ていたので、大物だとほめられた。でも、多分、見た目の大きさよりもずっと赤ちゃんで首もすわらず寝てばかりいるから、そう見えるだけだと思う。普通、この大きさの赤ちゃんってあんまり寝ないし、人見知りとかしはじめる頃だから……。月齢どおりに組み立てたチャイルドシートからもしだいにはみだしてきてしまい、困っている。

4月11日

この世の磁場が狂ってるとしか思えないような、いやな話や気持ち悪い話をたくさん聞き、慶子さんと絶望に震える。

でも、絶望に震えながらもプリンを食べたりして、小さな愛がある空間を作ったのでよしとしよう。いっしょに働くって、すばらしいことだ。個人なんだから事務所はいらないのでは？　とよく言われるけど、海外の膨大な仕事とか、裁判沙汰《ざた》とかいろいろあるし、それに何よりも優秀な人たちと共に働けるのが楽しいのでやめられない。小さなこの部屋で絶望に震えた相手が心がきれいな慶子さんでほんとうによかった。

そういえば内祝いのことで鈴やんに「お母さんすごく忙しいって言っていたけれど、内祝いの作成をもう頼んでも大丈夫？　やめておいたほうがいい？　だって『私は疲れて死にそうだ、私が死んだらはじめてみんな私のありがたみがわかるんだ』とまで言ってたよ」と言うと「ああ、その言葉なら僕はこれまでに二万八千五回くらい聞いていますから、全然大丈夫です」とすぐにさわやかな答えが返ってきた。これは唯一《ゆいいつ》いい話だった。

4月12日

マヤちゃんとかんぞうちゃんが来る。すばらしい絵やぬいぐるみ、そして庭でつんだチューリップやすいせんやカモミールの花束を持って。

赤ちゃんの手相を見て、かんぞうちゃんが「エロガッパ線は出てないかしら？」ときれいな声で言っていた。出てるとどうなる線なのか、こわくて聞けなかった……。

マヤちゃんは「うわ、こいつ晩年の小さん師匠にそっくりだ！ 師匠！ もう出ないと鈴本演芸場にまにあいません！」などと言い、赤ちゃんがむせると「うわ〜、これまた師匠のそばをすってむせる芸にそっくりだ！」と感心していた。なんでもいいから違うことに感心してほしい……。

マヤちゃんにしゃべり場での立派な態度への感動を伝えるとともに「私はおばさんたちがジャニーズを好きなように対馬くんが好きだった」と熱く語ったら、「おまえは世界一の変人だよ」とほめられた。裏話をたくさん聞いて、喜ぶ。しかしマヤちゃんはほんとうにえらいと思う。子供好きで人間好きだ。

4月13日

家でそうじとか、たまった仕事をこつこつとやる。

山下久美子《くみこ》さんのプロジェクトのための短編を書いたのが、無事に採用になりほっとする。

私が大学の時、半同棲《どうせい》していた男の子にむちゃくちゃなふられかたをして（だっていきなり婚約するんだもん！）めしも食えなかったとき、彼女の不思議で優しくかっこいい声は私を救ってくれた。

だから、彼女に手紙を書くような気持ちで「ある愛の詩《うた》」の感想文のような小説を書いたのだが、それがあまりにも熱くなりすぎて、本人は不快に思うかもな、と没を覚悟していた。

でも、さすがにふところの深いいい女！　の山下さんは、私のしたいことをちゃんとわかってくれた。ほっとした。

「ドラえもん」を続けて十冊読んだらなんだか同じストーリーのくりかえしが妙なグルーヴ感を生み出していて鼻血が出そうになった。のび太があほなことをしでかす、ドラえもんに頼る、道具出てくる、のび太失敗……。大小さまざまな規模でのそのくりかえし。それにしても名作で、しかもげらげら笑える。大人になってもげらげら笑えるとは思ってなかった。すばらしいことだ。それにしてものび太くんのだめさは、続けて読むと迫力があるとさえ言える。彼ほどの人でないと、ドラえもんからあれだけの道具をひきだすことはできなかっただろう。

夜はミカドにとんかつを食べに行く。やっぱりおいしかった。

4月14日

「ER」の新しいシリーズのあまりの暗さにびっくりする。みんなどこまで行ってしまうのだろう……。ただでさえ仕事が大変そうなのに、あんなに毎日いろいろなことがあって、よく生きていけるな～。

それにしても先に観《み》てしまっているイタリア人たちにあらすじを聞きすぎて、もう脅かされるとわかっているおばけ屋敷を歩いているような感じだ。「ああ、この人が出てきたからこうなってしまう！」とか「この人死んでしまうんだわ」とか思ってびくびくしながら観ている。

なるべく心の中で考えないようにしていたこと……裁判のことを、そろそろまじめに考え始める。勝訴したけれど、お金が返ってこない……となると、仕事場をどうするべきか。大問題だし、腹もたつ。もう二度と人に金は貸さないことを決めたのをはじめ、いろいろ勉強になった。

考え込んで、暗くなる。が、考えなくてはいけない。

4月15日

大雨。しかし、サンディー先生に赤ちゃんを見せに行く。にこにこして抱っこしてもらい、チャントで迎えてくださった。しかも先生、マナチンコの足を顔につけていたが……あんなこと、大人の男になったら、どんなにしてほしくてもしてもらえないのだ〜！　幼い今だけとってもお得なのが、男の人生。

クラスのみなさんにも、サンディー先生にもクリ先生にも、お腹の中にいた頃優しくしてもらっていたせいか、泣き出すこともなく、にこにこしていた。ミリラニ先生がいなかったのが残念！

みんなが踊っているのがまだまだうらやましい気持ちだった。

復帰を夢見てリハビリにはげもう。

先生に、フラベイビーであるうちの赤ちゃんを見せたら、ほっとした。なにか区切りがついた感じ。気のせいか、雨なのに、気の流れが違う。今日をもって何かおそろしく暗く重いこと（もちろん戦争も関係がある）が終わったというか、ひとつ区切りがついた感じがする。

帰りにアイナでごはんを食べていたら、アダンにいるお兄さんがこちらに転勤になり、調理をしていた。しかも、偶然にもいつも通っている動物病院の受付のお姉さんと友達だというではないか！　せまい！

彼の家の小ぶりの男子一歳児くらいに、マナチンコはでかいと言う。お兄さん「うわ〜、でかいね、でもうちの子は普通の90パーセントくらいだから」その時、なっつがにやりとしながら「マナチンコくんは120パーセント」とつぶやいたのを、聞き逃さなかった私。

4月16日

落ち込んでいた間に、人の相談にのる職業のえりこさんに「なんだか淋しいんだ」とメールを出していたら、返事が来ていた。

満月の頃までには、いろいろ気持ちが切り替わるだろうと書いてあり、彼女の場合はイライラするという形でこの気の重さの影響が出たという。そしてそのイライラは、彼女に相談してくるいろいろな人々が、自分の持っている力を信じることができずに迷っていることへのイライラだったと書いてあった。

確かに、自分の力を信じることが困難な時期であった。

昼は自由が丘に苗を買いに行った。ビーちゃんを拾ったところでビーちゃんの親戚《しんせき》を見かけた。体つきやしぐさがそっくり。そしておなかが大きかった。また産まれてまた捨てられちゃうのか？　ひい。

その通りはビーちゃんを拾ったところというだけではなく、私たち夫婦がはじめてお茶をした場所でもある。「すごいストリートだ」と言いながら帰ったら、ちょうど陽子ちゃんが来ていた。そしてマナチンコにキスしてくれた。嬉《うれ》しいだろうなあ……。今だけとってもお得な……以下略。

いっしょにせんちゃんの家の近所にちゃんこを食べに行く。おいしい……！　はじめて食べた、ちゃんとしたちゃんこだった。せんちゃんのママも来て、楽しく過ごした。もうそのちゃんこ屋さんのことなら何でも知っているせんちゃんとママ。頼み方も何もかも通だった。店の人々もみんなせんちゃんを幼い子供を見るようなあったかい目で見ている。商店街って、きっと住むとたいへんなんだろうけれど、こういうのはすばらしいと思う。つながりがあって、歴史があって。まあ、武蔵小山の商店街って東京一だからなあ。行くだけで楽しい。今、商店街の小説を書いているので、ますますそう思う。

帰りにせんちゃんのおうちのお豆腐やさんで、お母さんの作ったふっくらとした揚げをたくさんいただいた。

4月17日

冬の間、腰をいためてとにかく痛い思いをしていた大家さんのおじょうさんが、やっと元気になって花を飾ったり、自転車に乗ったりできるようになった。笑顔を見て、すごく嬉しくなった。同じ建物の中にいる人がつらそうだと、なんとなくそれは上の階にも伝わってくる。大家さんも冬中心配していたので、ますます。

さて、現実的に動くことにしなくては、と思い、とにかくお金が返ってこないくやしさをいったん置いておいて、仕事場を縮小することにする。とても家賃が払え続けられません！　というか、すごく切り詰めて無理すれば借りていられるし、近いからとても便利だけれど、心の負担になるということは、やめたほうがいいと思った。

ほんとうにどうしようもない中途半端《はんぱ》に悪い人がこの世にはいるものだなあと思う。うんと年下のしかも女の人に借りた金を返そうという気もなく、稼いでいる息子たちも知らんぷりだ。しかも元税理士だから、私がさほどお金を持っていないと知っていたはずなんだけれど。まあ、このできごとの後味の悪さが彼らの人生に影響しないわけがないだろう、悪いけど、それが自然の摂理だと思う。

それから逃れられるのは、ほんとうに悪い人で、別の価値観の世界を生きている人だけだと思うが、そこまでではないと見た。自分のしたことは自分に返ってくる。

大家さんの息子さんにひきはらうことを告げたら、たいそうショックは受けていたが、いっしょになって怒ってくれたり、仕方ないです、と言ってくれた。いつまでも住んでいてほしいとまで。温かい人柄にじんときた。せめて二年は借りていたかった。でも夜人がいないとぶっそうだし、いい人が入ってくれて使ってくれれば、気も晴れるだろう。

そして物件探しをはじめた。マナチンコをベビーカーに載せて、不動産屋に行ったりして、妙に楽しい。心機一転やりなおし!?

夜はせんちゃんの家のおいしいお揚げを、鶏肉《とりにく》と共に甘辛く炒《い》り煮して、炊けたばかりの玄米ごはんに混ぜてみたら、すごくおいしかった。全然ぺたんこにならず、いつまでもふわっとしていた。

4月18日

物件を見に行く時、大家さんに会ったので「ごめんなさい」と言ったら、「いいからいいから、それよりも赤ちゃん見せて！」と言ってくれた。そして、朝来た大竹さんも「引越し手伝いますよ！」と言ってくれた。なんか……つらい目にあったけれど、そのせいで人情に触れたというか、そういうのが身にしみて嬉しかった。

これは、自分が意地をはって無理やり仕事場を借り続けていたら、触れることのできなかったものだろうと思う。無理しないことにして、そしてさらに思い切っていろいろ打ち明けてみてよかったと思った。

お金はなくなったし仕事場もなくなったけれど、ますます仕事をがんばろうと思える。

夜は元気いっぱいのマヤちゃんとかんぞうちゃんと焼肉。マヤちゃんはおやじになって「なっつ！　ここの焼肉屋さんのおじょうさんと結婚しろ！」と言っていた。「彼女はおまえに欠けているものをみんな持っている！」とまで。

「会ったばかりなのに、もう欠けているところをわかられている？……」とつぶやくなっつに「見ればわかる！」と答える絶好調のマヤちゃんだった。

「自分より年下はみなパシリだ！」「こう見えてもマヤマックスは……もしかしてかっこいい？って最近思うんだ」「お前たちのために稼いでなんでも買ってやる！」といつもの発言も飛び出していた。このあたりの発言が出れば、彼女の体調も復活したと言えるでしょう。疲れがたまっていたようなので、心配していたのだ。それに「マヤちゃん、今、このシャツと同じくらい顔が赤いよ」「みなさん、すいませんね〜」と慣れた感じで静かなつっこみを入れるかんぞうちゃんが面白く、おなかが痛くなるまで笑ってしまった。

4月19日

物件を見に行く。すごく近いし、外から見た感じはいいんだけれど、入ってみたら言い知れないよくないムードが。これは、前に住んでいた人が、あまりよくない出方をした感じ。窓にカーテンのかわりに真っ黒いゴミ袋がかかっていたのも超こわい。そして階段を上がって外から見てみたら、その部屋の上の人の部屋の中がぐちゃぐちゃのむちゃくちゃなのが見えて、なっつと笑った。

やめておこう……とわりと早くに思ったけれど、可能性を心の中に一応残しておく。

ちょっとくらくらして下痢したのも、たぶん、あまりよくない場所だったからだろう。

なっつに至っては高熱を出した。かわいそうに……。

4月20日

朝、目が覚めたら、体調が久しぶりに産前に戻っていた。

普通の体調とはこういうものだった、と思い出した。そのくらい、ひどい体調だったと思う。目がさめたことが悲しくなくて、どこも痛くなくて、ちゃんと息ができて、体がのばせて、貧血じゃないなんて……。そして生きているってすばらしいと感じる。まあ、足のほうはまだちゃんと歩けはしないけれど、全然オッケーだ。悪いかたのつき方とはいえ、裁判問題が終わったのも大切な要素だと思った。

実家へ。姉の作った三種のカレーを食べる。だいたい三種のカレーを作っていることと自体がすごいと思う。しかもタイ風とヨーロッパ風とインド風で、それぞれおいしいので食べすぎた。赤ちゃんが何かいろいろしゃべっているので、みんなで成長に驚く。ここ二日くらいで、突然笑ったりしゃべろうとしたり、しだしたのだった。人間の笑顔ってすごい力だな、と思う。邪気のない笑顔と向き合うと、みんな笑顔になる。

恋をして、相手の表情の全《すべ》てを見ていたいと思うことがあるけれど、それは顔が見たいというよりも、揺れ動くその魂のさまを見たいんだな、と子供の百面相を見ていて思う。

4月22日

なっつが休みなのでがんばって母子で物件を見に行く。かなりいい感じで、緑道に窓が面していた。ここかもしれない、と思う。

夕方も慶子さんの協力をあおぎつつ、物件を見にいく。高円寺の楽しそうな不動産屋さんから担当の人がやってくる。電話で話した人にかけたら「僕は行けないが、細くて白い男がそこに向かってます」と言ったので待っていたら、本当に細くて白い人がやってきた。となりのドアに謎《なぞ》のお札がばしばしとはってあり、さらにそのとなりは謎の「日本伝統医学研究所」だった……。すごいご近所さん。部屋に入ると246の音ががんがん聞こえていて、ベランダには鳩《はと》の夫婦まで巣作りにポッポー！　とやってきた。だめだこりゃ……というムードが、細くて白い人と私の間で高まっていった。

ヒロチンコに相談してさらに前を通って見たら、緑が多いしいい感じがすると言われたので、はじめに見たほうに決まる。よかった。

夜は松家さんがごちそうしてくださった。おいしい和食、あわびとたけのこの季節だ。

松家さんの寝かしつけ技にすっかりとろりと眠るマナチンコ。さすが、一児の父！

4月23日

なっつがまだ復活しないので、すごくがんばって母子だけでタクシーで結子の家に行く。

抱っこひもで体を密着させていたら、案外泣かなかった。

お茶をして、いろいろしゃべる。

秋くらいに体が復活してから、私はものすごく変わるらしい。もうひとつの目が開くという感じとまで言っていた。いろいろな人に出会い、別人のようになっていくそうだ。とても楽しみにしつつ、今はとにかくリハビリをしようと思った。

寒い甲州街道で、マナチンコとタクシーを待っていたけれど、自分よりも弱いものと待っている感じがせず、ふたりでいる感じがした。関さんが赤ちゃんを「小さい人」と呼び、決して赤ん坊扱いしない気持ちが本当に最近よくわかる。子供は、世話が必要だが、犬とかと同じで実は対等なんだと思う。

4月24日

私まで風邪をひく。夜中に大汗をかき、昼もどんよりとした体調、熱もある。

松家さんと話題に出たので読みたくなり「ゲド戦記」の読んでないところふたつぶんを読む。とても説教くさいのだが、みな誠実で、善と悪の概念もものすごく納得できる。ゲドの暗さ、静けさ、かたくるしさが懐《なつ》かしくて、きゅんとなった。多分作品としては「帰還」の方が作者の迷いや暗さも出ていて優れていると思うんだけれど「アースシーの風」はさりげなくても実はすごくいい作品だったと感じた。テハヌーが別れを告げるところなんて一枚の絵のように心に焼きつく、すばらしいテンポの文だった。そしてテナーがゲドの待っている家に帰っていくが、テハヌーのことを言い出せず、ゲドがそれを察しているところなんか泣かずには読めない。とにかく文章が、すばらしい……。

夜は健ちゃんのお疲れ様会で春秋。かくこさんに「大きいわ！ 二ヶ月とは思えない大きさ！ うそ！」とびっくりされる。赤ちゃんがいるのでなるべくさくさくと出してもらえれば、と伝えたら、本当にすばやくお料理を出してくれた。あんな微妙な料理でそんなことができるなんて、すごい人だなあ、と思った。ご主人……顔は普通のお兄さんなんだけれど、身のこなしとか目が違う。あの店って、全員が真剣勝負っていう感じがする。

4月25日

いよいよ赤ちゃんが人間味をおびてきた。よく笑うし、ぐずりかたにも数パターンがあり、甘え方もいろいろバリエーションが出てきた。まだ泣き中でも乳をくわえたがるので、ホーミーのような音が出たりしていて笑える。それから、おくるみですまきになっているのに、乳を出して近づいていくとにこにこして待っていて、かわいい。

午後は慶子さんと阿佐ヶ谷の名店パンを食べつつ、ミーティング。途中でなぜか大竹さんもいろいろ意見を言い、参加していた。ミシンを買って創作に燃える彼、ぞうきんをたくさん縫ってくれた。

仕事場の引越しにあたり、父親の印鑑証明が必要だというので、姉に頼んだ。私は、自分がいつでも役所とか引越しの手続きとかそういうものが異常に苦手なので、そして苦手と言うよりももう病的で、本当に熱が出たり、寝込んだりするほどだめなので「自分は奈良《なら》くん並みの、社会性ナシ人間だ！」と奈良くんと共に（多分）かなり落ち込んでいたのだが、そのわけがよく、わかった。

「お父ちゃんの印鑑登録？　してねえよ！」と姉はさわやかに言った。父は、これまでどうやって家を購入したり、ローンを払ったりしてきたのだろう？　きっと地元の不動産の人がものすごく便宜をはかってくれたに違いない……。

「まあ、せっかくだから作っておくか、シビックセンターまで行ってくるね！」

と明るく気軽な感じで姉が言うので、えらいなあ、おねえちゃんは、さすが大人だ……と思って電話を切った。

三十分後くらいに姉から電話があり、

「ちくしょー！　すさまじいことになっちまった！　何年かかるかわかりゃしない」

などと言っている。

「どうしたの？」と聞くと、

「委任状が必要だっていうんだよ、しかも！ 直筆の！」（本人じゃないから、あたりまえ……。）

と言う。印鑑の名前以外の人が行くのであれば委任状を出して、仮登録書をもらい、あとから本当の印鑑登録書ができる。このくらいのことは、つらかったけれど、家を買うときにどうしても必要だったので、私でも、耐えられた。っていうか少なくともすさまじくはないのでは。何年もかからないのでは。

姉「はんこだけでいいじゃないか！ ちくしょ～！ そんなものもういらねー！」

いらねー！ って……あのう、必要なのは、私なんですが。

姉「あんまり腹がたったから、今、東京ドームでビール飲んでるところ……ごめん！ ああ、はやくアメリカみたいにサインだけになるといいね、印鑑なんてくだらん！」

私は目からうろこがおちたように思い、そのあとげらげら笑ってしまった。印鑑登録もしていない父、短気すぎて印鑑登録もできない姉、それなのに制度に対する不満に、そのことがきちんとすりかわっている……いつも私がおちいる症状にそっくり！ そして、こんな家庭に育った私がそつなくこれまで引越しをしたり土地を購入したりしてきたのが奇跡だったのだ。毎回具合が悪くなり、寝込んだりしたけれど、そんなの当然のことだった。さらに書類の不備で金をだましとられても無理はないわな……。

すごく納得できた。

もうあと一回くらいしか引越しなんてしない。

これからも、社会との関わりは最小限にとどめようと思った。そして、慶子さんが、そういうことが得意な人だったことを神に感謝しつつ、フラを習ったのだった。

4月27日

「キャッチャー・イン・ザ・ライ」を読破。

変わらない……誰が訳そうと、この救いようのない気持ちはやっぱり変わらない。名作だなあ、とあらためて思う。

主人公の内面をかなり上手にこと細かく描いているから、そして彼が物理的にきつい状況にあるから、かろうじて、ぎりぎりで共感できるわけで、彼の行動を外から見たらたいていの人がなぐりたくなるだろう。これほど鼻持ちならない小僧っ子の内面を切々と描けるなんて。書いた人の人生の大変さを思うと、苦しくなる。たまたまうまくまとまってしまっただけで、きっとかなり散漫な頭の中なんだろうなあ。「フラニーとゾーイ」なんてばらばらだったもんなあ。あっちのほうが大好きだけど。

そして、本当に天才だなあと思う。文章だけであの「親に絶対に怒られるとわかっていて逃げ回っている」時の暗澹《あんたん》とした気持ちを、四十近い人間に、こんなにも生々しくよみがえらせなさいと言われても、私にはできない。

もう友達ではなくなってしまったがやはり天才肌の、知っている男の子を思い出した。行動も語り口もそっくりだ。彼に必要だったのは、清らかで無償の愛情だったんだろうな、でも、そんなもの誰ももう持ってないのだ。

4月28日

浅草橋に五月人形を買いに行く。買ってくれると母が言うので、喜んでもらうことにした。不況の風の深刻さがひしひしと伝わってくる。倒産した人形屋さんの客引きみたいな人がいっぱいいるし、ビルは空室が目立つし、大きな人形店もがらがらで、接客が必死な感じだった。淋《さび》しいなあ、こういうところがそうだと、なんて思いつつ、ふじさわさんに会いに行く。

途中、地元の街並みを見ていたら、わたなべくんが、区議に当選していた。懐かしいなあ……けっこう仲がよくて、本当にばかなことやって遊んだ思い出がいっぱいある。席がいつも近かったから、授業中もいろいろしゃべった。寝顔のまつげが長かったのも覚えてる（注、授業中の寝顔です）。ものすごくもてる人だったけど、面食いでない私にはただの面白い子だった。バスケがうまかったんだよなあ……。

あまりにもハンサムな彼のかっこいいバスケ姿を女子たちがほれぼれと眺めているとき、私は心の中で「し、しょうじくん、かっこいい」と思っていた。しょうじくんは、すご～くでかくて、目が大きくて、変わった顔をした、すごく中身のいい男の子でした。昔から、そういう変な趣味は、変わらない。

そして修学旅行に行く新幹線の中で私が、弁当をのせるテーブルに突っ伏して寝てたら、しょうじくんとわたなべくんが「すげ～、吉本、授業中と同じ寝方で寝てるぜ」と優しい目で見守りながら発言していたことも、覚えている。

みんな大人になったんだなあ。

ふじさわさんとその娘さんは赤ちゃんをすごく喜んでくれた。こんなに大きいとすぐにしゃべりだす、とまで。マナチンコは調子にのってウンコはまき散らかす、おしっこは飛ばすで私は冷や汗をかいたけれど、ふたりの笑顔は変わらなかった。この人たちの笑顔は特別だ。いろいろな困難の中でも輝いていた。そして、ふじさわさんのお孫さんたちは、その大きな愛情を根っこにして私の目の前ですくすく育っていった。

好きなことは何でもさせるけれど、筋の通らないことは許さないっていう感じで、とにかく見守られて。もう25になる男の子が、すごく素直におばあちゃんの家にちょっとおやつを食べに来たり、お話しにくるっていうのが、すてき。私を見て、きちんと挨拶《あいさつ》して、照れないでいろいろ話しかけてくるのもすてき。「外でもおにぎり売ってるけど、おばあちゃんの作ったのがいいんだ」なんておせじじゃなくて言えるのもすごくすてき。

こういう一族を見ていると、個人の力のすごさを感じる。ふじさわさんひとりが信念を持って生きていることで、そこからいろいろな花が咲いてゆるぎない何かができてくる。

こういう人たちが、いちばんすごいしいちばん尊敬してる。私もそれにならって歳《とし》をとっていきたい。

4月30日

その人がものごとにどういう反応をするか、本当は何を考えているか。

それを隠すことも含めて、それだけが個人に許された表現であり、自由だと思うし、他人がいる意味だと思う。自分と違う反応、違う気の許し方、違う気取り方……それが面白いから、人は人と話すのではないだろうか。

最近、その人の意にそわないことをするとかんしゃくを起こすような人をよく見かけるし、人をうまく誘導して自分の思い通りにしようとする人がたくさんいるが、なんという傲慢《ごうまん》なことだろうと思う。自分は気をつけすぎるほどに気をつけたい。子供がいると、なおさらだ。手に入れたいものをはっきりと意図し、自覚してやるならまだしも。

私は下町の育ちなので自動的に感じよく受け答えするし、人の本音と建前の違いを意地悪な目で見てくすくす笑うのが好きだ。いちばんの欠点はお調子者で、さらにひそかに傲慢なところ。でも気弱で、緊張するとすごく弱くかわいいふりをしたり……でもそれが自分ならそれでいいんではないだろうか？ しかたない自分でも。

「そんなに人を傷つけてまで自分が好きなら、部屋に閉じこもって自分といてほしい」なんて思ってしまうことが、最近とても多い。そしてはらわたが煮えくり返るような思いをしても、私はぐっとこらえて気を落ちつけたり、「きっといろいろあってこんなことをしているんだろうな」なんて思ってしまったりするが、これまたよしあしだなあ。

全《すべ》ては「この人生、今以上の何ものかにならなくては、今のままではいけない病」と私が心の中で呼んでいる、現代特有の病のせいだと思う。今ないものはもうずっとないのだ、そしていつか手に入るものは特にがんばらなくても、その時々の自分が勝手にがんばってくれるから手に入るのだ。二十年後の自分が表面的には今とさほど変わらなくても何が悪いのだ？ 生きていて健康な体があって働けて家族もいて内面は成長していく、それで何が不満なのだ？

その上で金がほしければもっと働けばいいし、したいことがあるなら具体的に目指せばいい、人の生活も知らないで、なんとなくうらやましがってうすぼんやりとねたむのはやめてほしい、他人は関係ないだろう……。

かなり怒ってます……。クールダウン、クールダウン。

と言いつつ、引越し先を含めていろいろなことを大きく毎日考える私の日々。

でも、たったひとつ、友達に子供が産まれたのがすごく嬉《うれ》しかった。いろいろな悲しいことがあった人だったので、その知らせをメールで読んだときは本当に大泣きして喜んでしまった。こんなに嬉しいことがいろいろあるなら、戦争もあったつらい年だったけれど、すばらしい年とも言えるだろう。

5月1日

父の「夏目漱石《そうせき》を読む」を読んで、これまで漱石に感じていた、すっきりしないあの独特な気持ちの秘密がわかった気がした。こういう人にああいう文才があるのは、天の恵みなのか、それとも不幸なことだったのか。

私はやっぱり「小説家」っていうのとは違うのかもしれない……。たまたま文であらわしているだけで、となんとなく思う。

三ヶ月ぶりと言っても過言ではない、昼の普通の外出。まだ走ったり階段をぐんぐん昇ったりはできないけれど、驚異的に回復した。やっぱり「自分が何とかしないと子供が……」というのが治癒力《ちゆりよく》を高めたような気がする。あと、周りの人のおかげです、素直に感謝しています。

大野さんとえりこさんとヒロチンコとマナチンコとなっつで中華を食べる。

話題はとてもスピリチュアルだけれど、全然違和感がなくて、楽しく過ごした。

大野さんの話は、いつまでも聞いていたいくらい面白い。どれだけの面白い話を知っているんだろうなあ。

「魔法の杖《つえ》があってたったひとつ望みがかなうとしたら、何にする?」というワークショップの話を聞く。それで「これだ！」と言っても、本当に手に入ったら実は困ることが多いから、実は手に入らないように自分でしている……というようなこと。最近よく考えていたことだったので、面白かった。

私は、文句なくドラえもんがほしいと言った。中でも「どこでもドア」、とみなの意見が一致。タケコプターは首が痛そうでいやだ、と私が言ったら、えりこさんが真顔で「あれは寒いだろう！　それにこわれたらやばいだろう！」と男らしく言い放ったのがおかしかった。

ドラえもんが手に入ると、何か困ることがあるかなあ……家がせまくなりそうだし、道具を使うたびに毎回実は命がけなのが本当はこわい？？？　ううむ。

暖かい陽射《ひざ》しの中でお茶をしていたら、驚くほどの数のチワワが通った。はやってるなあ。マナチンコはみなにかわるがわる抱かれて、幸せそうだった。

5月2日

みんながやたらにウンコをする日だった。かわるがわる、いろいろな場所で。夕方になったら一日ウンコを見ていた印象が残っていた。あとはひたすら仕事と、マナチンコと遊ぶ。夜のぐずりが最近すごくて、なんとなく人間の子供になってきたという感じがする。夫婦ともどもへとへとになるけれど、かわいいので許す。夜になると手が疲れてぶるぶる震えてくる。だんだん筋肉もついてきた。先にお母さんになった人たちが「筋肉つくよ〜」と言っていたけど、本当だった。

大竹さんに「犬をあずけると殺される」訓練所の話を聞いて、震える。大竹さんのクライアントの犬たちも、何匹か殺されたりしっぽを切られたり、虐待《ぎゃくたい》されたそうだ。こわいよう！　実は私は数年前、バリ子の行動が凶暴になってきたのでしつけでも、と思い、そこを見学に行ったことがある。「その犬はもう甘やかされていてどうしようもない、今すぐに置いていきなさい、でないともうだめだ」と言われて、その時のボーイフレンド（そういうところが本当に大好きだった）が強く「ここはやめよう、おかしいし、こんなところにバリちゃんを少しでも置きたくない」と言ってくれて、さんざんもめて、双方かんかんに腹が立って帰ってきたけど……よかった〜。結局バリちゃんは死んでしまったけれど、そんないやな死に方ではなかったから。

5月3日

なっつがパチンコで勝ったと言っておごってくれた。生ビールと、フィッシュアンドチップス。気を許せる人とこうして夕方、時間のことであせらずにビールなど飲んでいると「人生はこうでなくては」と思い出す。旅先でよく感じるあの感じは、昔は東京にいてもたやすく手に入るものだった。全ては心のありようだなあ、とあたりまえのことを思う。

いろいろ中傷もされつつ、どうして私がこの日記を書くのか……それは、はじめ、年取ったときの自分へのプレゼント、そしてリトルモアの連載のためのメモだった。しかし！　リトルモアはなくなり、子供が産まれた今、私はもっと意地になっている。私の子供は外国でできたから、きっと外国に行くだろう。いっしょにいられるのは今くらいかもしれない。いつか必要なとき、この毎日を読んで、自分がどうやって産まれてきてどれほど愛されていたかを、そして親がどういう人生だったかを、知ってほしいと思う。あと、私が愛するまわりの人々に、ちょっとした記録を残したい。

といっても、全部を書いているわけではないけど。さらにプロの技を全然使ってないので、身内っぽい上に、文の緊張度は50パーセントくらいだけど。すごく中途半端《はんぱ》。これじゃあ、だめなんじゃ……。

5月4日

日曜日なので、なんとなく自由が丘に行く。青山ブックセンターにも行く。新しいFOILを、送ってくれると知りつつ、応援したくて買う。

奈良《なら》くんの絵、すばらしかった。今までの作品の中でもかなり好きなほうだと思った。彼はまた何かひとつ超えた感じがする。どんどん核に近づいていく感じ……手と体をちゃんと動かしながら進歩していく彼を尊敬する。そういうのがほんとうだなと思う。

川内さんもすばらしいし、この雑誌は、すごい。

なんか竹井さんに対する愛さえ芽生えてきた。世間知らずのおじょうさまがやくざにだまされていくってこういう感じかしら〜。

そして……できやよいさんのポスターにびびる。すごいなあ、霊界だ。生きてない人たち（パンダも？）ってきっとこんなふうにピンクの中で花とかに囲まれて、たぶんこうやってにこにこしてるんだろうな〜、いつも不思議な感動で涙出ちゃう。でも……こわくて、貼《は》れない。

餃子《ぎょうざ》を食べながら乳をやりおしめも換えて大騒ぎだったけど、楽しかった。

5月5日

ほぼ日のゆーないとさんの浜松での修行の日々をやっと読み終える。

それで、すごく感動する。この子は、すごい子だ。

多分、私はゆーないとさんに何回も昔会ったことがあるんだけれど、なんていうかぴかぴかに明るく、本当の意味で前向きで、かわいくて食べてしまいたいような人格だった。

うちの子も絶対にこんなふうに育てよう。

さらにダライラマ様の本を読んで、うなる。

知人のゲリーの言うには、この世には選ばれた人だけでできているある集団があって、そこに属するのは人類として最高のことなんだけれど、ひとりだけ入会を断わった人がいて、それがダライラマ様だそうだ。「私は私の民のためにとどまる」と言って。うう……。

この本の中でいちばんすごいな〜と思ったのは、昔、とりたてて何もないのに不幸だと言っている女の人がいて「あなたはまだ若いしなにも不幸じゃない」と言ったら、

「よけいなお世話だ」と言われたので「そんなこと言うもんじゃない」と言って、ダライラマ様は彼女の手をしっかりと握りながら、もう片方の手で平手打ちをくらわせたというところだった（抜粋ではないのでこの通りではないけど、こういう内容）。そうしたら彼女は心から笑うことができる人になったそうだ。よく知らない人にそこまでの愛情を示せるとは。しかも他の人がやってもうそっぽくなってしまうことだ。

都会生活の問題点、同性愛について、夫婦について、独身者の利点など、さまざまなことが新しい視点から書かれていて、まさに現代人のための助言に満ち溢《あふ》れていた。どうして都会生活は孤独なのか、とか、夫婦がどんどんわかりあっていって何が悪いのか、とか、いつも不安な人はどうしたらいいのか、とかあらゆることにシンプルで力強く具体的な考えが書いてあった。離婚についても（しないつもりだけど）溜飲《りゅういん》がさがるようないい意見が。ヨーロッパの人が聞いているからますますわかりやすい。

私は一回だけ遠くからダライラマ様を見たことがあるが、その日からあれよあれよと人生が変わってしまった。あれにはびっくらこいた。我ながら。なんだったのだろう。

というわけでダライラマ著「幸福と平和への助言」トランスビュー刊は目からうろ

こが落ちるような、いい本でした。
なんか、読んだだけで心がすっきりした。

5月6日

フラダンスの同じクラスの人たちから、かわいいものをいただいてとても嬉しかった。あのクラスには戻れないかもしれないけど、火曜になるたびにみなさんの顔を思い出す。

早く復帰したいなあ。

今日は契約の日だった。不動産屋さんに行って、鍵《かぎ》を受け取る。すごく小さい部屋だけれど、なんだかとても落ち着く。植物だけちょっと置きに行く。隠れ家と言う感じで楽しみ。子連れで行くことになるのかしら。ちょっと、住みたいような感じがするシンプルさで、窓から緑が見える。それから、行きつけの焼肉屋さんも見える。

このあいだ、お世話になった上田さんの送別会がそこであったので、お花を預かってもらった。おじさんに「世話になった女の子の送別会なんです、よろしくお願いします」と言ったら「そうか、やめちゃうと淋《さび》しくなっちゃうね！」と言われた。こういう、普通のリアクションが、とても嬉しい。聞けそうで聞けないからだ。こうやって、私の住んでいる場所に私だけの地図ができていく。駅前の不動産屋さん二軒にはそれぞれあのおじさんとあのお姉さん、現像はあのおじさんのところ、焼肉はあそこ、ペットシッターのお兄さんたちは世田谷通り。環七まで出るとしーちゃんがいる。そういうのが人生ってものかも。下町以外のひとつところに長く住んだのが初めてなので、そう思うのだろう。

夕方はパーマ液でくせ毛を取って過ごし、大甘のカレーを作った。マナチンコが今日もぐずって、空っぽになるまで乳を吸ってもまだ泣いていた。これって、もう離乳の世界に近づいていっているのかもしれないな……ごはんを食べているとうらやましそうにじっと見ているし。でも、まだまだ乳を与えていこう、今しかないし。たれるけど。

でもひどかった妊娠線がじわじわと薄くなってきた。消えないなんて、嘘《うそ》じゃん！

5月7日

まるで真夏。

新しい仕事場にお札とシーサーを置きに行く。私は昔から引越しの時に意味もなく（多分淋しいのがいやだから）まず植木とお札を置くのだが、このあいだ江原というちゃんとこの世以外のものが見えている人の本を読んでいたら、なんとそれは意味あることだったのでびっくり。無意識に意味あることをやってるなんて、私、風水的にオッケーな人間？

でも、家の中にウンコがいっぱいあるのは、風水的にアウトだろう。

ヒロチンコと近所のカフェでお茶をして、汗だくになって帰る。

夜はたくじとイタリアンの会。あいかわらずおいしかった、祐天寺《ゆうてんじ》のラ・ロゼッタ。ローマの感じなのに日本で、繊細な味だ。お店の人たちはたくじの友達たち。

去年、いろいろあってたくじとはもう会えないかも……と思うような出来事があり、たくさん泣いた。もしかして会えないかも、と思ったら、たくじとの思い出のすばらしさがどんどんこみあげてきて驚いた。慶子さんも陽子ちゃんもそうだったと思う。本当にいい時間をいっしょにたくさん過ごした旅の仲間だからだ。

しかし！ また会えた！ 最高だ……。もうなにもいらないって感じ。ただそれだけ。みんなもそういう気持ちなのがよくわかった。

と言いつつ、かなりくだらない話をぺちゃくちゃしゃべった。おいしいワインもちょっとずつ飲んだし、私のイタリアン欲もリハビリされました。しかし、マナチンコはおっぱい飲みっぱなしだったので、片手で下品に食べるしか。しかも彼がセーターをぐいぐい引っぱるのでセーターがどんどんめくれてはだけていって、むちゃくちゃ。すごい力になってきた、男の子だなあ！ と思う。

5月8日

うちの子供、今日で三ヶ月。

長い長い三ヶ月だった。いろいろな意味で、これまでの一生でいちばん長く感じた日々だった。

いちばんよかったことはもちろん子供が無事だったこと。そして、自然分娩だったことも嬉《うれ》しいが、何よりも恥とか外聞がふっとんだところで助産婦さんたちと何日も過ごせたことがよかった。

近年、誰と知り合っても少し親しくなると「本を出したいから手伝って」とか「原稿書いて」とか「金を貸して」とか言い出すので、本当に人がおそろしくなり、そんなにバリバリ書けるものでもないし、お金もないから断わるしかないので断わるのだが、しだいに断わるのも面倒くさくなって人間全般を嫌いになっていた。はじめからナナメに見るという姿勢になっていた。

しかし、気取っていられない状況で、そういうことを絶対に言い出さない人たちに素直にいろいろ質問したり助けてもらいながら過ごしたことは本当にすばらしい体験だった。

私の有名税は、この単純でバカな私にかかっているにしては高すぎる気がする。

でも、もう一回子供の頃のように人を好きになることができたし、断わってまた普通にできるエネルギーも戻ってきた。

今が人生の変わり目なのでよく気をつけたい。これからのことは。だいたい五年分くらい仕事が山積み。それをこつこつ、やっていくしかない。

仕事の形も年内には大きく変える予定。

5月9日

ゼリ子を丸刈りにしてもらったら、なんだか美人に。

そうしたらいつもいっしょに散歩に行ってもらっていた柴犬のこうちゃんが、突然ゼリ子にアタックしはじめたそうだ。少女漫画で「めがねを取ったら美人だった」と急にモテる話みたい。

こうちゃんの飼い主大竹さん「よく、幼なじみの女の子が年頃になって急に色っぽくなると突然結婚しちゃう奴《やつ》とかいるじゃないですか。あれっておかしいですよね、同じ人物なのに」

同じ人物なのに、っていう言い方が大竹さんのすばらしい人柄をよく表していると思う。

そして……「人間が自分たちを高尚だと思って営んでいる感情はたいてい動物も同じ」っていうのがまたも実証された気がする。めがねを取ったら意外に美人で好きになってしまう、っていかにも人間らしい感覚のようだけれど、実はケダモノ！

5月10日

内祝いのバームクーヘン（おいしいんだよ……）を配りまくっている日々、ヒロチンコの親戚《しんせき》の方々から「ありがとう、日記読んでます」という反響があり、冷や汗をかく。ヒロチンコとか呼んでいるし……。籍も入ってないから、なかなかお返事も書きにくいけれど、ただひとつ、心から思っていることは、お世辞でもなんでもなくて、ヒロチンコは本当に愛情深くてすばらしい人だと日々感じているということだ。私も仕事が忙しくてろくに彼の世話もできない……どころか世話してもらっているような状態だが、マナチンコの目のあたりがヒロチンコにそっくりなのを見ると嬉しくなり「この人と子供を作ってほんとうによかったなあ」と思うのです。

恋愛はとても大切なものだが、人生の全《すべ》てではない。私は、今、自分の基地のようなものをやっと得て、ここをベースにして仕事もがんばれるようになった。これは何ものにもかえがたい「ヨロコビ〜」（ゴリエちゃんの声で）だと思う。

5月11日

母の日なのに、そしてせっかくほめたたえたのに、ヒロチンコが……熱を出して倒れた。ほめたたえたのがよくなかったのだろうか。
はかってみたら38度9分もあった。すげ〜、子種が絶えちゃう。でも、もういいか。おかゆなどつくってあげるけれど、すごく苦しそうでかわいそうだった。
負け競馬をエンジョイしているなっつに電話して急遽《きゆうきよ》助けてもらうことになる。

こういう時、これまでは異常に気をつかって助けてもらわなかったけれど、もうなりふりかまっていられないのが今の私で、けっこうそれはそれで幸せなことかも。私も人をそうやって助けたいし。

そこでマナチンコを連れて、実家の母に花とケーキを届けに行き、姉の作った肉天を食べ、煮物を持って帰った。

部屋がヒロチンコの熱で熱くなっていて、寝苦しいほどだった。

そこではじめてマナチンコをお風呂《ふろ》に入れてみたけれど、まだ私の骨盤がぐらぐらしていてとても危険だった。でもはだかでにこにこして湯に入っているので、かわいかった。

5月12日

文庫のうちあわせ。途中突然車が壊れてびっくりするが、なっつが大活躍してなんとかしてくれた。判断も含め、まさに大活躍だった。

鈴やんに会ったら嬉しかった。毎日のように鈴やんに会っていた頃って、幸せだったな〜、だって毎日鈴やんに会えたんだもん。同じ会社（ビルのワンフロアみたいな感じのところ）に鈴やんがいて、毎日会えたら、きっと嬉しいだろうなあ。

松家さん、相変わらずマナチンコにとっても優しくしてくれる。慶子さんも。子供ができて、人に手伝ってもらうとき、素直に感謝できるようになった。これまでの「人の力を借りてはいかん」というすごい力の入り方が胎盤といっしょにバリッととれたのだろう。

そのぶん、できることは文句言わずにがんばる。

久々のももたさんは、元気そうで笑顔がかわいくて、美人ちゃんだった。紫色のあやしいふわふわしたペンで、マナチンコをとりこにしていた。ももたさんのフェミニンで柔らかくて明るくて強いイラストを見ると、心が本当の意味で華やぐ。強い人だと思う。

かわいい服などもらい、女同士でいろいろ食べながら、恋バナではなく、フラバナをして別れる。

慶子さんがおいしいポン酢を買ってくれた。

5月13日

風邪がうつっていて、なかなか苦しい。寸止めで高熱を抑えている感じ。

今日もなっつ、大活躍。男手のすばらしさが炸裂《さくれつ》している。車を入れ替えたり、犬の病院に行ったり、ほんとうによくやってくれた。

花輪《はなわ》和一《かずいち》先生の「刑務所の中」を読んで、「なんて心のきれいな人なんだ」と感心してしまった。きれいごとだけじゃないのに、きれいっていうのが壮絶だ。それから、手に入らなかったので上巻だけ「天水」を読んで、ますます深く感動。河童《かっぱ》さんの人柄(?)がすばらしいし、この、裏切らなさというか、なんというか。そして、心の中のどろどろもちゃんと描いているし、画力がすごい……。私もこういう種類の感動を描きたいと思っていたけれど、絶対にできない。これは多分男女の差もあると思うし、こんなすごい才能を持っていない。それに何よりも苦しくて切なくて書けない。すごい向き合い方だな〜、と心底うなった。

神様が、この世に彼をつかわしたのだろう、っていう感じ。

こういうのを見ると、自分は別にいなくてもいいんだな〜、がんばるのやめて、できることだけしよう、という不思議に楽観的な気分になる。

5月14日

ヒロチンコのパパに、マナチンコを見せに那須へ。

たまにはみんなで温泉でも、なんて思って、いろいろ調べて予約したのがこれまたインチキ宿だった。群馬のさ……亭以来。でもひどさはさ……亭のほうが勝っていた！

ヒロチンコ「ここに勝つなんて、すごいね……」

愛のないインチキ宿は、形だけは一応すばらしい宿のまねっこをしているが、心が全然ないのだ。金に目がくらみやがって～。でも働いていてもつらいだろうな、きっと。報われないもんな……。伊豆の巨石風呂があるところなんか、うんと安いけど宿の人が宿を愛しているので、居心地がいいもん。

それにしてもヒロチンコのパパが嬉《うれ》しそうで、ほんとうによかった。私は嫁じゃないし、家族のしがらみも自分のとこのすごいのでもうおなか一杯だから、もう持てない。でも、ヒロチンコのお父さんは個人的に大好きだ。すばらしい人だと思う。上品で、優しくて、男らしくて。

で、ずっとずっと抱いていてくれた。この子が小学生になるまでは生きたい、とも言っていた。こういう言葉をひきだすだけで、赤ん坊はすごいと思う。小説ではどんなにがんばってもこうはいかない。これは敗北ではなく、人というもののすばらしさなのだ。

ひどい宿に泊まると、夜淋《さび》しくなる。淋しくなって「おとうさんちに泊まればよかった」と泣き言を言っていたら、なんと、幽霊が出た。部屋の向こうのほうから、お面をつけた白い着物の人がひらひら飛んできたのでびっくりした。

久しぶりにぎゃあと叫んで金縛りをといた。つないでいた赤ん坊の小さなあったかい手が、私を現実に引き戻したのだ。親子って助けあいだ。

こわくて眠れなかったけれど、おかげで昔、宜保《ぎぼ》さんから直接聞いた話を思い出した。彼女はあれほどの人だったのに幽霊がこわくて、出そうだな、と思うと、光るアクセサリーをたくさん身につけたまま寝たのだそうだ。

「わたくし、こわくてこわくて、もうイヤリングまでつけるんですよ。でもね、そうすると見えなくなります」とおっしゃっていた。最近のTVのお仕事ではまるで菩薩《ぼさつ》のように透明で、やはり嘆く人々を救っていた。会えてよかった人だった。そして、ご冥福をお祈りします。ありがとう。

指輪などを全部して、とりあえずもう何も見ずにすんだ。

そして、なんとなく、占い師がぎらぎらとアクセサリーをつけていたり、私が車を買えるくらいジュエリーに金をつぎこんでいるわけがわかった気が……。

5月15日

寝不足で朝ごはん（まずい）を食べながら、寝てしまった。マジでぐーぐーと。ヒロチンコのパパ「最近はTVを観《み》ると食べ物の話ばっかりで、ついに餓鬼道に落ちたなと思いますね」

本当に、そう思います。体裁だけの豪華な朝ごはんよりも、愛のあるおにぎりがいいです。

ヒロチンコが育ての母にマナチンコを見せに行っている間に、ヒロチンコの子供のときの写真とか、通信簿とか、作文など見てげらげら笑う。「のんびりやで、むらっ気で、好きな科目は一生懸命、興味のないことは雑で、整理整頓《せいとん》がだめで、感受性が豊か」全く今と変わりない。ううむ。顔がそっくりだけど、マナチンコのほうが、目が柔らかい。でも、ずっと写真を見ていたら「よく大きくなったね……」と長男を思うような優しい気持ちに。

ヒロチンコの亡くなったお母さんの写真とか、ヒロチンコパパの実のお母さんの写真とかもたくさん見て、じんときた。すれちがってもう会えなくなった人たち……。でも彼らにとって、生涯愛する人たち。

それにしても赤ん坊はえらいと思う。長旅もストレスだし、宿も幽霊もストレスだろうし、知らないおばあさん（ボケ気味）に囲まれるのもすごいストレスで、私だったらひいてしまうだろう……でも、さりげなくこなし、文句もなく、にこにこしている。すごいなあ、赤ん坊って、すごい生き物だ。

5月16日

疲れが出て、一日だるい。

でも慶子さんが来たので、気持ちが華やいだ。私はもうボケまくりの最近だが、よくがまんしてくれると思う……。

ついに届いた「天水」の下巻。河童さんと暮らしたい……もう本当に恋をしてしまったようだ。彼が、私の理想の人だと思った。もともと妖怪と虫が大好きな私にはぴったりの漫画だった。

それにしても地獄の描き方、すさまじい。よくここまで描いたと思う。とにかく絵がうまいから、説得されてしまう。人の心の光と闇《やみ》……棗《なつめ》と河童さんがついに地獄から抜け出るところと、ラストはもう涙でしばらく読めないほどだった。

こんなすごい漫画があったとは！

子供の時に手塚漫画に接したあとと同じような、ぐったりした気持ちになった。それは、真実に触れたショック。

それにしても、河童さんが、好きだ……。恋わずらいだ……。

5月17日

このあいだ「わーい、600円だ、安い！」と言いながら買ってきた、クローバーの鉢。黄色い花や青い花がたくさん咲いていてかわいいので、水など必死であげていたらなんと、反対側のベランダのびわが植わっている鉢で雑草として生えて咲きほこりだした。ただじゃん……。

まあ、いいや。どっちも育てよう。

なっつにおにぎりを買ってきてもらい、夜はおにぎり。昼もおにぎり。なんだか修羅場の漫画家みたいだ。

引越しなので、ちゃぶ台とか本棚をなっつに運んでもらう。いよいよ、新しい部屋に山盛りの本をつめこむのだ〜！

5月18日

パリでヒロチンコに買ってもらった指輪をじっと見ていたら、はじめくんのことを思い出した。そうしたら、急に電話がかかってきて、今東京にいるという。なんていいタイミングでしょうか。

はじめくんは奥さんのマキさんといっしょに仲良くやってきた。

みんなでケーキを食べて、ちょっとだけ和んだ。

はじめくんともずいぶんいっしょに旅をしたものだ。お互いに子供っぽかった頃からずっとのつきあいだ。だから、なんていうのかな〜、体の言葉でわかるかんじがする。変な意味ではなく、お互いに素の姿をいっぱい見せているので、とりつくろいようがないという感じだ。

そしてお互いに大人になったな〜と思う。今、彼が幸せなのがすごく伝わってきて、嬉しくなった。

私が尊敬してやまないフルフォード先生が、本当に調和している夫婦は顔を見ればわかる、と書いていたが、それは本当だと思う。彼らの顔には完璧《かんぺき》に調和した姿があらわれでていて、感心してしまった。いつまでも並べて見ていたい感じ。

かわいい椅子《いす》をもらったけれど、さっそく！ タマちゃんがくつろいでいた。うちの子供、なにもかも猫のおさがりだ。ベビーベッドもゆりかごも椅子も猫が先に使ったなあ。

5月19日

引越し……。

なっつが現場を指揮、赤ちゃんにはハルタさんで万全だと思っていたら、なんと大竹さんが助っ人で来てくれた。犬にブラシをかけ、掃除までして、大きな腕で赤ちゃんをあやしてくれている。なんだか助かる〜。大竹さんとハルタさんの心温まる会話がすてきだった。聞いているだけで和んだ。いい人同士の交流って感じだ。

大竹さんは、今どき東京ではなかなかいない正しい考えの持ち主だ。毎日町でちょっとしたいいこと（車にひかれた子供を助けるとか、自転車で犬をひいた人を追いかけて捕まえるとか）をして過ごしている。長年のおつきあいで、私はかなり影響を受けていると思う。彼は思ってないことを絶対言わないので。生涯初任給でいいという考え方もすごいと思う。今、同じ時期に人生をリハビリしている仲間なので、お互いに助け合っている。

今回はヤ……に頼んだら、アート・よりも安くて早いので、ちょっと驚いた。そして妙に人間味のある人たちだったので、楽しかった。今度からやっぱり引越しは猫が子猫を運ぶあの会社にしよう。

焼肉屋が休みなので、慶子さんをむりやり呼びつけてケンタッキーを買ってきてもらう。

そしてみんなで食べて、なんとか終了！

5月20日

夜中に突然、熱が出た。キープしていた風邪が引越しが終わった安堵《あんど》で炸裂したみたい。

一日中寝込むが、なっつに体温計を買ってきてもらってはじめて計ったら、8度6分あった。それでがっくりきてますます寝込んだ。赤ちゃんにはずっとホットミルクだ。

最終的に9度3分になったので、アハハと思いながら座薬を入れた。

そして「すぐ熱が出るのはうつ体質だからだ……」と熱に浮かされてわけのわからないぐちを言いながら、寝る。それを聞かされるかわいそうなヒロチンコ。

そういえばこのあいだダニエル・スティールさんの、息子さんについての本を読んだ。若年性のうつ病におかされた息子さんが亡《な》くなるまでを描いた「輝ける日々」という本だ。難産で大きく産まれた赤ちゃんはいろいろ問題があることが多いとか、どきりとすることもいろいろ書いてあったけれど、とにかく子を思う親の絶対的な気持ちは世界中どこでも変わらない……身につまされた。どんな状態でも彼女にとって彼は幼いニックだった。

よく読んでいると著者自身いろいろ変なところもあるが、文才でなんとなく隠している気がして共感には至らなかったけれど、その深い愛情には感じ入った。そして何よりも……5人も6人も子供を産み、3回くらい結婚し（記憶があいまいですみません……)、夜中に執筆して本をがんがん書き、その合間にそのどこにもなじめなかったニックくんのために学校や医者を何回も変え、あちこちに電話したり人に会ったりしていることが、ものすごい。

なんだか子供ひとりで大変だと騒いでいる自分がばからしく思えてきた。

さらに訳してるのはムツゴロウさんで「この本を読んで感動し、自分で訳したいと思って、一語ずつ丁寧に訳した」とかおっしゃっている。あれだけの動物に囲まれているのに、この分厚い本を訳!

なんだか、犬と猫二匹ずつと亀《かめ》二匹で動揺している自分が……。

5月21日

熱にうなされながらも、明本歌子さんの自伝を読む。しし座だなあ……。このあいだ後藤繁雄《しげお》さんがインタビューしていて、興味深かったので。今はやっぱり息子さんのゆうじくん(現、鮎生《あゆお》さん)との関係を中心に読んでしまう。昔だったら恋愛問題を中心に読んだだろうなあ、枯れてる〜。

そして爆睡していたら赤ちゃんがベッドから落ちて泣いたのでびっくらした! ヒ

ロチンコも真っ青。ついはじっこに寝かせていたのだそうだ。どきどき。でも泣いた後にこにこしていたので、安心。

さらに座薬を突っ込み、マーちゃんとえいこさんのお祝いの膳《ぜん》へ！　ついでにマナチンコの三ヶ月の祝いもかねて。

うちの母が主催したので、豪華な食事だった。死んでも食べる！　と思い、食べたらおいしく感じて、かなり治った。でも、行きの車のなかでもかなり寝た。寝不足が大きい要素だったのだろう。その車の運転をしていたなっつはあずきとなすと百合根《ゆりね》とさといもが嫌いなのに、それらが魔法のように次々出てきた。

えいこさんは美人で感じよくて面白くてすごく楽しかった。私も彼女と結婚したい。あんな人が家にいたら嬉《うれ》しいだろうな～。その若さにマーちゃん押され気味。

みながマーちゃんの過去を暴露したスピーチがしゃれにならない式だったらしく「こわくてビデオが観《み》れないよね！　ちょっと観てすぐ止めてる」と明るくえいこさんが言っていたのがおかしかった。

5月22日

ちょっと外出。みきこさんとちょっとだけ会い、元気なのを嬉しく思った。そうそうに帰って、またちょっとぶりかえした風邪を治そうと思ったけれど、動物たちが悪いことを次々し、扉が壊れたり、いろいろなことがあって寝不足で熱がぶりかえしてしまった上、すごくばたばたしていたのでなっつにまであたりちらしてしまった。悪かった……。あとで本人に電話してよくあやまって、でもなっつにも悪いところがあったのではっきりと言い、毎日のことをいろいろお願いした。

落ち込んでハルタさんに電話したら、声が明るくてちょっと元気になった。「緑茶を飲むと風邪引かない」っていうのもいい情報。

この寝不足は湿疹《しっしん》に苦しむ赤ちゃんが自分の顔をかくのをやめさせようとついつい起きて止めているからであった。このごろ、漠然と徹夜。現代っ子は避けて通れぬ、アトピーは深くなると大変だなあ……。でもどの段階や年齢で治るか、わからないからなあ。

5月23日

やっと風邪が治ったので、ステロイドについて、あれこれ意見を人々に求める。

近所の病院に電話したら「湿疹《しっしん》は皮膚科へ！」と冷たく切られたので、ちょっとショックだった。でもぶっきらぼうに教えてくれたのが、昔私が行っていたいい皮膚科だったので、行ってみようと思った。案外いい先生かもしれない。

そしてランちゃんも、エリカさんも、自分が経験してつらかった日々があるからなのか、すごく忙しいのに、すごく優しかった。それぞれがいろいろなことを試している。私も勧められたものをためそうと、メモを取る。紫根とか、チャパラル風呂《ぶろ》とか。

私はステロイドをなるべく使いたくないけれど、全然使わないという強いこだわりはないので、ふたつの病院に行くことにした。アレルギー科と、皮膚科。

ガンちゃんやうちの家族にも相談したけれど、おおむね同じ意見だった。

アレルギー科はすごく感じがよく、でも、あまりにも安直に弱いからと言ってステロイドを出し、抗ヒスタミン剤まで飲み薬で出てきた。ううむ、これが、平均的な判断……。

しかし皮膚科に行ったら「これはまだ使わなくていい」と診断。そのきっぱりした先生の態度にほれぼれとした。

今のところ後者を取ることにする。

なっつがすごく活躍してくれた。子供を一生懸命あやして、何回も泣き止ませてくれた。

帰って、ヒロチンコの買ってきた「親のおっぱいから解毒《げどく》をする」という漢方のお茶を飲む。これも続けてみよう。

皮膚科の薬でそうとう落ち着いてきたので、よかったようだ。

まあ、私とヒロチンコのすごいアレルギー体質を考えれば、当然だ。長い目で見ようと思う。

別に自分好みの診断をする人をいいと思っているわけではない。ただ、あの「ようこそアトピーへ」「ようこそ癌《がん》へ」「ようこそ糖尿病へ」という感じ……ああ、これが私の生きている社会のスタンダードなのだ、と強く思ったわけ。まあ、それをほどよくふまえつつ、自分なりにいろいろ試して、一日一日をやっていくということだろう。なんだか将来まで限定されたような気がしてぞっとした。

それにしても……昨日と今日で私はまた何かを学んだようだ。それは、自分の基本はクールではない江戸っ子で、人とのつながりは人情や優しい言葉でしたい、そして、人をバカにしたり、下に見ることはやっぱりしたくない、ということだ。それが多少きれいごとっぽくても、そうでありたい。でも、嘘《うそ》の感じよさはいやだ。断わるのだって、誠実に優しい言葉で断わることはできるし、忙しくても、なるべく人の力になりたい。たとえ心のどこかにミルクチャンが住んでいるとしても……というのも、今日のランちゃんとエリカさんとガンちゃんの声の優しさは、私の脳天に響くほどに力強かったからだ。

5月24日

原さんのお母さんに赤ちゃんを見せにいく。

あまりなにがなんだかわからない様子ながらも、とても喜んでくれた。人が来るとしゃんとするそうだ。ああ、もと客商売のすばらしさ。

原さんもとても喜んで抱っこしてくれた。しばし和む。

お互いいろいろあったよね～という感じ。そしてまだまだ続いていく感じ。すばらしい絵をもらう。描きおろしだ……。感動。さっそく家に飾る。

家にばかりいてうっぷんがたまっているのでふたりとも「旅に出たいね」とかばかり言っていた。人の世話をずっとするのって、大変だから。特に男の人にはきついと思う。ほんとうにえらいと思う。この東京で、そういう暮らしをしているって。

原さんのストイックさというか忍耐力というか意思の力は、他に並ぶ人がいないほどの強靭《きょうじん》さだと思う。

実家でうなぎを食べて、うたた寝しながら帰る。最近乳を大量に飲まれているので、ほんとうにいつでも眠い。乳は、血なんだなと実感できる。

姉がすばらしいことを言った。

「乳からアレルギー反応を起こす毒の成分が出ているなんて、うそだ。毒って言うのは、カドミウムとかダイオキシンとかのことを言うんだよ。神経質にならず、お母さんと子供が快を感じていて、夫婦が普通にむきあっていれば、絶対に大丈夫だ」

私は確かに（買い物がめんどうくさいっていうのも大きい）無農薬野菜をとっているし、自然のものしか体に触れさせないし、タバコも吸わないし、ヒールの靴もはかない。それはまあ、私が快適だから。でも、確かにこのところの世の中のそういうことに関する神経質さには目がくらむ感じがする。こんな私が言っても説得力ないけど。空気の汚れとか、不安感とか、そういうのに人間があおられている感じがする。

不安からくるはやりには、ろくなものがない。

今日もランちゃんがいろいろなことを教えてくれた。それは、重い情報とは違って、もっと感じがよくてリアルなことばかりだった。こういう、人の経験とぬくもりがある情報こそが、心強いし、あるだけで嬉しく思う。

一回だけ行ったアレルギー科に「まだステロイドは使わないことにしたいけど、血液検査の結果を教えてほしい」と言ったら、とても感じよく「電話ではいえない」ときたもんだ。そりゃ、そうなんだろうけど。治ってほしいわけじゃないんだな……。責任をとらず、形だけきれいで、ぺらぺらだ。

本当に、この「感じよく、ちゃんと話を聞いて、ナチュラルで、にこにこして」っていうはやり、どこから来たんだろう。変なの。形だけだとぞっとしちゃう。やるき茶屋から？　違うな～……。

そうこう言っているうちにも、赤ちゃんの湿疹は少しおさまってきた。半年はしかたないなあ、と思いつつ、がんばろう。

5月25日

日曜日。午後は自由が丘へ行って、本を買ったり、お茶を飲んだり。なんだか毎日が祭りのような街で、面白い。赤ちゃんがいるので駆け足だけれど、このあいだ泉谷しげるさんを見てしまった謎《なぞ》のオープンカフェでいろいろ食べたり。適当な店で、すごくよかった。適当さ、これだよね～！　大切なのは。

金曜日だったと思うが、綾戸《あやど》さんと中居くんがいっしょに歌っている番組を観て、かなり感動してしまった。やっぱり個人の力だな、と思った。あの、一見明るいようだが実は侍のようなきりかえしと緊張感、そんな綾戸さんに素直に心を開いていく中居くん。すばらしかった！

そうとうすてきな人々が日本にはいっぱいいるなあと思ったのだ。それに、関係ないけどＳＭＡＰってすごいところにいったなあと思う。同じ時代でよかったというか。芸能人に対する偏見に満ち満ちていた私は昔、木村さんと稲垣さんに会ったことがあるが、あまりいい態度をとらなかった気がする。というかよく知らなかった。いつかどこかでまた会ったら、ちゃんと接しようと思いました。

5月26日

しーちゃんが大きなおなかで遊びに来る。またまたケーキなんて焼いて。それがまたおいしい。子供をあやして話がぶつ切りになりつつ、楽しくしゃべる。近所にもうすぐ同じくらいの歳《とし》の赤ちゃんが来るのは心強いし、嬉しい。

出産前の緊張感とか、ゆっくり感がもう懐かしく思える。時はあっという間に過ぎていくなあ。

送って行きがてら散歩をして、商店街でなっつにお金を借りて、叶《かのう》姉妹の本を買う（借りてまで買うべき本だったかなあ？）。漢方のことがいっぱい載っていてためになった。

暑くもなく、寒くもなく、夏っぽくていい夕方だった。

5月27日

結子の家に行く。

あれこれしゃべって、大根の葉っぱをながめながら、和む。マナチンコはすごくごきげんで、結子の部屋にある、あやしいモザイクの赤とピンクと紫のライトに魅せられていた。その魅せられ方といったら、恥ずかしいくらい。首をそっちに向けて、目をきらきらさせて、口をあけて「うわあ～！」という顔をしていつまでも見ていた。

その様子を見てふたりでげらげら笑った。

結子「誰かひとりにでもこれほどまでに評判がよかったなら、買ったかいがあったわ」

結子の作ったおいしい炊《た》き込みご飯をおみやげに持って帰り、夕食にした。

5月28日

ゲリーと大野さんとランチ。

忙しい合間をぬって会ってくれて、なんだか嬉《うれ》しい。ゲリーがついでにちょっとマナチンコを観《み》てくれる。めしを食いつつ、カジュアルだった。私の子供は、フランスによく行く人になるらしい……。ううむ。フランス語か。陽子ちゃんにフランス語を習いながら童貞を失うというすばらしいシナリオが！　浮かんできたぞ。

いちばん嬉しかったのは「彼はハッピーブレインだ」と言ってくれたこと。親ばかだけれど、それ以上のことってないと思う。

大好きなナショナルマーケットに行ってあれこれ大量に買い、帰って羊など焼く。

そして食べながらジブリ提供の「キリクと魔女」を観る。絵がすばらしいし、色彩も植物も動物も全て日本にはないもの、そしてありえない感覚で、すごくよかった。ついでに考え方も全然違う。そこがまた面白い。とにかく音楽と絵が問答無用に優れていた。

5月29日

健ちゃんと焼肉ミーティング。

お互いろくなアイデアが浮かばない。それは、子供のせいでもなく、時間が足りないからでもない、できることをやりつくしてしまったのら〜！　と私は思う。ふたりの人生(?)第二章に突入ってことだ。

でも、まだ時間があるから、いいことを思いつくように祈ろう。

焼肉屋さんの家族に、お祝いをいただく。みんなで一生懸命選んでくれた感じがして嬉しかった。そしてエリカ先生おすすめのチャパラル風呂《ぶろ》のせいとしか思えないが、味覚がすごく冴《さ》えている。どういうこと？　いつも下痢だったわが子もなぜかちゃんとおなかにウンコをキープしている。皮膚もいい感じ。効果あるかも！

5月30日

朝、自転車で出かけるヒロチンコの後ろ姿に、長男を送り出すような感じできゅんとなった。無事に帰ってくるように、それだけが全《すべ》てだ。

昼はマイケルくんとサトコさんに会う。ふたりともほがらかで知的で、何よりもとてもいい人たちなので、いい時間を過ごした。マイケルくんの訳は人柄を反映して、正確な上に品があると思う。これからのことなど話し合う。頼もしかった。どんどん自信と自覚にあふれてきて、かっこいい大人になりつつある彼。出会えてよかったと改めて感じた。

彼の訳の「ムーンライト・シャドウ」はものすごくよくなったと思う。英語できないけど、違いはわかるから。

面白い話もたくさん聞いた。彼らがNYでアレちゃんに会ったりしているのもすてきだし、家で採れたラズベリーをお母さんが煮たジャムをいただいたけれど、それも、すてき。

昨日、竹林さんからもきれいでフレッシュなジャムが届いた！

みんな違う味だ！　毎朝パンを食べている我が家としては嬉しい限りだ。なんと言ってもゲリーに「パンにバターを塗ったものを食べると、腸の中になが〜いカスがたまる」とまで言われた私。これを機にジャムにしよう……。

慶子さんといろいろしゃべりながら、育児もしつつ、手伝いもしてもらいつつ、ミーティング。まあ、私の考えをただ愚痴っているようなものなんだけれど、この時間でいろいろお互いにわかることがあるので、助かる。

今、人生の中で本当に重要な人物が、死の床にある。家族ではないけれど、本当に大切な人が。私にはもう何も書くことがない。ただ、今日のこの気持ち……育児が大変だとか、仕事がどうしたとか、疲れただとか、お金がどうとか、誰を好きとか嫌いとかいうことが本当にくだらなく思えるこの気持ちを、一生どこかに忘れずに持っていよう。

思えば、彼に接していた期間は、私の人生の中でもかなりきつい時期だった。親も病気だったし、金もなく、若く、傲慢《ごうまん》だった。でも、あの日々に起こったことのひとつひとつが私の人生にままならなさを教えたにもかかわらず、後にものすごく役立った。そして彼には大切なことをたくさん教わった。言葉ではなく。あの声を、あの姿勢を、いつでも忘れずにいよう。

5月31日

そして、亡《な》くなりました。知らせは晩御飯を食べている時にみなみちゃんから来た。

私は彼のお嬢さんと、たまたま、二ヶ月ぶりに昨晩話した。もうかなり悪いとは聞いていたけれど、もう会えないとは思わなかった。

「柿沼徳治が死ぬなんて、信じられないよ」と、彼女は言った。誰が親を亡くす時にも、名前のところだけあてはめれば、これが全く心からの感想だと思う。私はその素直な心にまたも打たれてしまった。

私も信じられない。店長がもういないなんて。もう会えないなんて。彼からどれだけのことを教わったか、計り知れないのだ。

私は彼に助けられて、作家になった。糸井さんがオーナーであった彼の店で、私は「キッチン」の原稿を直し、投稿し、受賞した。本が出たときも、店の上の書店に見に行った。インタビューも店で受けさせてもらった。それからもう十数年、ずっと毎年店長の家で、みんな集まり続けてきた。それぞれいろいろありつつ、いつも楽しく。

店長は、さっちゃんが腎臓《じんぞう》を悪くしたら「俺の腎臓いつでもやる」と言っていたし、ゆみちゃんがもう心の離れただんなと別れるかどうか迷っていた時「でも、親にも心配かけるし、お金もかかったし」と言ったら、「そういう理由で俺の娘が離婚しなかったとしたら、俺はいやだな」ときっぱり言って、ゆみちゃんを泣かせた。ゆみちゃんは離婚して今、幸せな再婚をしている。

最後の集いの時「まほちゃん、俺がこれまで見たいちばんきれいなものはね、疎開《そかい》先で見た戦闘機だった。山の向こうから飛んできて、ものすごくこわかった。でものすごくきれいだったんだ」と私に言いながら、店長は声を震わせて涙をぽろりと流した。

その時、みんな「なぜ泣くの？」と思ったのだ。

店長のお嬢さんは「三日前くらいに急に死ぬのがこわくてたまらなくなったんだけれど、考えてみれば、順当に行けば、お父さんとお母さんが先に行ってるでしょ、それにおばあちゃんももういるし……向こうに待ってる人がたくさんいれば、こわくないんだな、と思ったんだ」と突然言い出し、店長も「そうだよ、向こうで会える人がいるからさ」と言っていた。

店長が死んだ時刻、私は体中が痛くて痛くてひきつけを起こしたようになり「こんなに痛いのか……」という夢を見ていた。起きたら汗びっしょりで「心配のあまり見た夢でありますように」と祈った。

人はきっと、みんな本当はもうな〜んでも知っているに違いない、とますます思った。

そして、私は店長が死んだことを知らなかったのに、午後になったらぐんぐん体が軽くなり、気持ちもすっきりしてきた。なんだか洗われたように……。きっと、今頃彼はすばらしい、楽な世界にいるのだろうと思った。店長、ありがとうございました。店長はすばらしい人です。最後まですばらしかったです。この尊敬の気持ちも、たくさんの思い出も、共に働いたみんなが一生忘れないです。

マナチンコは3ヶ月検診。心雑音も消え、湿疹《しっしん》は半年でおさまると言われ、首もすわっているとのこと。入院中お世話になった懐《なつ》かしいみなさんにまたも「でかい、でかい」と言われてかわいがられて帰宅した。そして顔をかかないように、ぐるぐる巻きになって寝た。かわいいぞ！

夜は陽子ちゃんとまたも涙、涙の電話……陽子とも、店長がいなければ、出会えなかったのだ。

陽子「もう一回、会いたいなあ、夢に出てきてくれないかなあ」

これも、私たちみんなの正直な気持ちだ。

店長が私にくれた最後のはがきには、こう書いてあった。

「可愛《かわい》いマナチンコくんの顔を見てつくづく思いました。新しく生まれてくる生命のために老人は席を至極自然にゆずる気持になれるものなんですね。あくまで私が一老人として素直に感じたこころもちです。元気に育つことを祈ります」

大切な言葉だ。そして私にとって、遺言になった。

6月1日

自由が丘は祭り。

かわいく感じのいい読者さんに呼び止められ「ああ、そちらが、ヒロチンコさんですか！」と言われる。変わった名前で有名に……すまん！

気持ちもしんみりとした日曜日、お座敷で寿司《すし》を食べる。すごくおいしい上に安く、感じがよかったので私たちの『子連れ外食リスト』にばっちりと加える。こうやって新しい日々ができていくのですね。それが、面白いことに子供がいなかったらもっと厳しかったはずの味の基準が「店の人が赤ん坊に優しいかどうか」にとってかわってたりします。あくまで「赤ん坊好きかどうか」ではないのです。そして不思議なことに、本当にいい店は必ず両方を満たしていて、条件つき（空いている時間なら、とか短時間なら、とか貸切なら、とかね）で受け入れてくれたりする。これは私が有名人だからではありません……。そのことも、勉強になった。毎日が新しい。

6月2日

あまりにもすばらしい時計を見つけたので、ひとめぼれして買いに行く。

それはマイヨールさんが死ぬ前に夢見た時計だ。その時計の文字盤を見たとき、人間が呼吸を止めていられる時間の短さと長さ、そして海の中でその文字盤がどういうふうに見えるかをいっぺんに考えさせられた。このところ店長のことで頭がいっぱいだったのも、関係あるだろう。

そして、オメガにて、ベイリーさんと新飯田さんと岡部さんにいっぺんに会えて嬉しかった。

マナチンコをみんなでにこにこかわいがってくれた。湿疹を見て、かわいそうに！と言ってくれた。この人たちに子供を見せる日が来るなんて、すごく不思議。

仕事の話もさくさく進み、なんだかいい感じに流れ出した。いい仕事になると思う。いい仕事は偶然がどんどん働いて、縁がどんどんできて、力まなくても進むものなのだ。

でも、そうでないことを経験してないと舵《かじ》の取り方もわからない。まさにヨット

（乗ったことないけど、そうですよね、慶子さん……）と同じなのではないか。同じ顔をした海は一日もないのだ。

夕方は大野真澄さんに会って、歌詞を渡す。も〜、作詞はこりごり……。でもまあ喜んでくれたようなので、よしとしよう。

6月3日

朝、台湾帰りの澤くんがすがすがしく、熱もなく、セキも出さずににこにことやってくる。ふだんよりも元気なのでは。新型肺炎のことなど、台北ではどうなの？ といろいろ聞く。みんなまじめにきちんと対策しているようだったので、考えさせられた。いつも澤くんに会うと話したりない感じがするな〜！ と同時に特にしゃべらなくてもいいような感じもする。マナチンコも泣いたり笑ったり大騒ぎだった。

午後はインファントマッサージを習いに行く。時間がかかる習い事なのでなかなかチャンスがなかったのだが、今日たまたま予約がうまくとれて、マナチンコの湿疹や不安定なウンコスケジュールにいいのではないかと思ったのだ。

教えてくれるのはマナチンコをとりあげてくれた関さんのお姉さん。姉妹そろって赤ちゃんとお話するものすごい才能があって、うちの子供もかゆがりつつもすっかりリラックスしていた。そして、習って必死でマッサージをすると、すごく気持ちよさそうにしていたので嬉《うれ》しかった。集中してコミュニケーションの真髄を学んだ感じ。短い時間に奥深くいろいろ教わった。何かを習ってこんなに楽しいなんて、すばらしい。

地に足がついて、輪郭がくっきりとした美しいお姉さんだった。そして考えられないくらいきれいな家だった。整理整頓《せいとん》というか、なんというか。

帰ってきたらうちがゴミ箱に見えたほどだ。

すごく効果があって、赤ちゃんの湿疹はかゆくなくなり、すうすう寝たりしてる。ううむ、マッサージあなどりがたし。

えのもとさんとコウノさんとふみほちゃんが駆け足でこのゴミ箱にやってきて、赤ちゃんにとかわいい服をいっぱい置いて、駆け足で去っていった。ゼリちゃん大パニック。でも、みなさん元気そうで、嬉しかった。

6月4日

そういえば、えのもとさんとコウノさんは、安野モヨコ先生のくれたものすごく変な絵のシャツを見て「むむ、さすがよしもとさん、変な絵がついている」と言っているので、「それは安野先生がくれた」と言ったら、「むむ、さすがだ」と言っていた。漫画家たちの感性がうちの子の着るものの中で集っている……。

おじょうさんが「どうして犬はおしりの匂《にお》いをかぐの？」と言ったら、えのもとさんは「それはおしりには全《すべ》てがあらわれているからだ！」と言っていた。さすが「えの素」を描いている人である。

今日はツベルクリン……かぎりなく狂犬病の注射会場に似ていたと言っておきましょう、ただより高いものはないってか。

でも、私よりもヒロチンコが怒りまくっていたのがおかしかった。怒った上にいつもあまりしないラーメンの替え玉までしていた。あの店……奈良《なら》くんの知り合いがやっているのだろうか？ 奈良グッズがいっぱいのとんこつラーメン屋さんだった。

6月5日

夜はびわの葉灸《きゅう》に行って、飲茶《ヤムチャ》を軽く食べて帰る。

もみかえしでぐったりと落ち込んだ感じ。灸はむつかしいよなあ、奥が深そうだ。毎日毎日店長のことばかり考えて、店長の冥福ばかり祈り、店長の夢ばかり見ている。でも、本当はこの四ヶ月、ずっとそうだったのだ。胸の奥に痛い塊があって、ずっと消えなかった。ずっと祈ってばかりいて、すりきれそうだった。目が覚めるといつでも涙が出そうだった。店長に会いたいけど、店長はもう会いたくないだろう、そう思うと、たずねていけなかった。まだ生きているのに、たずねていけないのがつらかった。もう一回、病状が落ち着いてくれたら会えると思って、待っていた。そのことには悔いはないけれど、最後に会った時の会話を、頭の中でくりかえした。「じゃあ店長、また！」と言ったけれど、店長は「また」とは言ってくれなかった。笑顔のあと、振り向かずに、かっこよく去って行った。

何かが私の中で決定的に変わってしまった。自分を何か（多分現状の大変さに対する甘え）から引き剝《は》がすように無理やり切り替えた。

ただただ会いたい……愛する人の死は、恋愛にすごく似た感じになる。ただ会いたいのだ。ぐすん。

毎日、悔いなく人と接しよう。

パトリスから考えられないくらいすばらしい手紙が来たので、返事を書くことでとてもなぐさめられた。

6月6日

ＢＣＧの日。ハルタさんと行く。とにかくああいうところでは私は不真面目《ふまじめ》に見えるらしく、すごくいろいろ言われる。その感じが学校の時のようで、なつかしい。でもかわいい赤ちゃんも見たし、すぐ終わったし、とにかくよかった。

夜は大竹さんと早川さんと合コン（でもなんでもないよ……ただの飲み会だよ、あれじゃ……）。事務所チームと、筋肉チームで。

地元の感じいい、何もかもおいしい店で、楽しく集った。赤ちゃんも長時間滞在なのにそんなにぐずらず、楽しそうだった。大竹さんがいると、安心する。長いつきあいというか、犬たちが彼をすご〜く信頼しているので、私にもそれが移ったのだろう。あと、まじめに人を思いすぎるほど思うキャラがかぶっているからだろう。早川さんもいい味を出していました。面白いことといっぱい言うので、楽しかった。

いつか私も引っ越すし、大竹さんたちもいつまでも東京にいないかもしれない。こうやって気楽に顔をつきあわせている毎日がやっぱりかけがえのないものだと思う。

そのうち、うちの犬たちがこの世を去るとき、彼らとその悲しみを共有できると思うだけで、少し気が軽い。やっぱり核家族はだめってことね。

男の人と別れて最高に落ち込んでいたとき、私は大竹さんたちが朝来ても、泣きはらしていて顔も出せなかった。そして「ああ、玄関にいらしてる、顔出さなくちゃ、でもいいんだ、もう人に気をつかうのなんかやめよう、ずっと部屋にこもっていよう」なんて思っていたけれど、そんなふうにしていつまでも寝ていても、疲れなんてとれなかった。それよりも大竹さんや早川さんの人なつっこい笑顔を見たほうが、絶対に元気になったはずだ。なんていうのかな……カラ元気から生まれる真実とでもいうのかなあ。人からもらえる元気、返せる元気というか。

飲みに行くとき、ハルタさんとなっつと赤ちゃんで夏っぽい日差しの中をてくてく歩いて、商店街を抜けた。すごく楽しい感じだった。酒よりもあの感じのほうが好きなほど、わくわくした。

6月7日

夕方パンパースとシャンパンを持って坂元くんが来たので、また、昨日の店に行ってしまった……。

はじめ焼肉を食べに行こうかと電話したら、おじさんが電話に出て「あれ？ もしかしてよしもとさん？ ごめんごめん、今日はお休みなんだ！」と名乗りもしないのにあやまってくれたので感激。

あれこれ頼んで、近況など聞く。忙しそうだった。赤ちゃんを抱く手つき、さすがパパ経験者という感じだった。子育て経験者は赤ちゃんを抱くといきなりパパに変身するので面白い。

坂元くんも近所にいるときは毎日いっしょに飯を食ったり、犬の散歩に行ってもらったり、すごく楽しい思い出があるので、別れ際《ぎわ》ちょっと淋しくなった。ろくでもないところもあるけどすごくいい奴《やつ》で、頭がよくて、面白い彼。お互いにずいぶんと大人になり別々の道を歩んでいる友達同士、会えばいつでも元に戻るけれど、やっぱり前とは違うからだ。

だいたい私に「子供を産め、すごくかわいいし楽しいから！」と口をすっぱくして言っていたのは彼だった。本当に産んでよかったので、感謝した。それなのにやっと今頃赤ちゃんを見せることが……！ なんといっても毎日あわただしいので不義理は仕方ない。

今日もヒロチンコが疲れもあいまって面白いことを次々言い、笑いが止まらなかった。

昨日今日と珍しい人たちと話をしていて、なんとなく感じた。

人は、相手によって引き出される自分をある程度演じているのではないか？　ということだ。

だから道ですれちがった人に「うわあ！　すごいブス！」と思って、そしてもしもそこに罪悪感があったとしたら、それは実はそのブスな人が「私はブス……」と思っているのだ。罪悪感がなかったとしたら、それはきっと、本当の感想なのだ。

なんでこんなふうに思ったかはよくわからないが、そう思った。

だから、自分を定めておくことがやはり重要だし、もしも状況をかきまわしたければ、自分を定めないことで簡単にできると思う。

6月8日

なぜか朝からハリー・ポッターを観《み》る。第二話のほうが一話目よりもずっと面白くて、わくわくしたし、それぞれのキャラも立っていたし、なんとなくアヴァンギャル

ド な味があった。あなどりがたし！ だんだん好きになってきた。

しかし彼は、どうしてまだおじさんの家にいるんだろうか〜！ あんなにいじめられて。そして、だめなふくろうもいるっていうのがおかしかった。

チャカティカに行く。四ヶ月ぶり！

そしてカレーを食べた。幸せ……夢にまでみたカレーだった。

田中さんが、この建物は古すぎるのでそう遠くなく店をたたむと言ったので、ショックで目がまわってしまった。この店がなくなったら、すごく困る！ 三茶のネパールだと思って幸せに通っているのに！ あの店、世田谷区の世界遺産（？）に登録してほしい……。

でも田中さんがマナチンコにとっても優しくしてくれたので、嬉しかった。

夜はロルフィングを受け、頭の固さと腰の痛さを重点的にやってもらった。

もみかえしでぼうっとなりながら、適当に麺《めん》をゆでてウルルンなど見る。みんないいお顔をした、ヨガの先生の一家。しかも私が住みたい理想的な感じの家に住んでいて、心がすうっとした。家中がなんとなく清らかな波動で満たされていた。あんなにきちんとした精神生活を暮らしたいわけではないけれど、気持ちの持ち方はたいへん勉強になった。

6月9日

しーちゃんの家にベビーバスを届けに行き、またもやおいしいスコーンをごちそうになる。何でも作れてすごいなあ……しかも笑顔で「簡単だよ！」と言っていた。明るい妊婦……。なっつと「俺もやってみる」という気持ちを強く確かめ合う。

なっつ「うわあ、すごい、フィギュア付タイガースポッキーが箱ごとある！」

しー「川藤はなんとゴールデン川藤だよ！」

不思議な世界だ……。

今のメンバーと優勝時のメンバーがフィギュアになっているらしい。バースなんて、いまや野球に関係ないのだが。

マナチンコの湿疹は頂点に達していて実にかわいそう。かゆくて泣いているし、いつももがいている。きっと寝不足でもあるだろう。

ここで「私もがんばるわ！」と思うのは簡単だが、それは罠《わな》だという気がする。何の罠だかわからないのだが。

問題はストレスフルなこの社会と大気汚染なのだ。タバコや卵や牛乳のせいではないのだ。俺たちってだまされてないか？　非科学的すぎやしないか？　そういう気分。しかしここまで皆が非科学的になったのは、若いインチキていねい医者が多いからだと思う。にこにこして迎えてくれて、病人にも一見ていねい、でも痛くて汚いところにはぐっと踏み込んではくれず、はいステロイド、はい抗がん剤、もうそれしかないからね、あとは自分でがんばってね、もっと悪くなっても責任は取りませんからね、だから絶対よくなるなんて言えませんけどね、じゃあ薬局に行って帰りに薬とってきてくださいね、はい次〜！　にこにこ、さようなら！

その寒さを味わうと、うそでも「いっしょにがんばろう！」とちゃんと向き合って言ってくれる民間療法に行きたくなるのは当然だ。

ランちゃんのおうちのモモちゃんもよくなったそうだし、希望的な話を聞くと気持ちも明るくなる。アバウトに、明るく！　それにしてもランちゃんの新刊の中の、モモちゃんへの言葉の章を読んでいたら泣けた〜！　名文だった。

このところ中野さんちの玄米を食べていたら、白米を食べるとまずいとさえ感じるようになってしまった。食べ終えても、引き続き玄米にしている、これは最高の健康法！　おそろしい量のウンコが出ますね。

邪道な私は、玄米にちょっとだけバターを乗せてチンして、しょうゆをかけて海苔《のり》をかけて、食べたりしてます。

6月10日

かろうじて子宮ガンではなかった。ふう。気をつけよう。あんなでっかい筋腫《きんしゅ》があると背筋がしゃんとします。長く生きて子の成長を見なくては。レミさんちみたいにかっこいい音楽家になるかもしれぬし（親ばか）。

近所のいい皮膚科へ。

そこの先生は、絶対に最後「こうなってこうなって、きっとこうですよ！」と希望的なことを言い、にこっと笑う。だめでもまた考えましょう、また次の作戦をたてましょう、と笑顔で言ってくれる。いつもむちゃくちゃ混んでいるのに、笑顔が消えたことはない。インチキな笑顔ではない、信頼できる先生だ。

ついに、水割りだったらもう水の味というくらいのステロイドを使うことになる。

この間、チャパラル風呂《ぶろ》とびわのお茶で、親の肌つ～るつる。子も解毒《げどく》されただろう、さぞかし。

6月11日

すばらしき現代医学の力。

薄いから劇的には効かないのでまだ皮膚はぼろぼろだけど、ぐっすり眠ってごきげんで明るいマナチンコ。

本当はいつもにこにこしていて、あまり泣かなくて、幸せな子だったんだなあ、このところずっとつらかったんだなあ、としみじみする。

なにごとにもブレイクは必要だろう。

これで、薬切る、また湿疹《しっしん》、またステロイドじゃないところからはじめて、ピークでちょっと使う、という作戦で湿疹期を乗り切る予定。ここでがまんできなくなるのはきっと親のほうだから、気をひきしめて長い目でやらないといかん。

久々にリフレクソロジーへ行く。店長さんの明るい笑顔を見て、それだけで体調がよくなる感じ。癒《いや》しは人の力っすね！

ヒロチンコと赤ちゃんも連れて、長い道のりを歩いて帰る。梅雨の晴れ間だ。

家について読書しながらのBGMはジャコ・パストリアスとパット・メセニー……眠くなる音楽大特集。そして本当に寝てしまい、あやうくワンナイを見損なうところだった。

このあいだ「動物園のオオトカゲの檻《おり》の前でガレッジセールの人たちにばったりと会い、ゴリに握手を求めていやな顔をされ、ちょっと悲しくなる」夢を見たが、私の夢史上最もくだらない夢だった。もうカスタネダとかモンロー博士に顔向けができないほどだ。

6月12日

今、いちばんホットな書店、それは松陰《しょういん》神社の山下書店。店の人が本好きなのをうんと感じる。すばらしいラインナップ！ いつも嬉《うれ》しくて長居したくなる。今日は店頭で大売出ししていた「ハチミツとクローバー」を全巻買ってしまった。はぐちゃん、かわいいな～。「すごいよ!! マサルさん」の少女漫画版という感じだった。

またあの居酒屋に行ったら、筋肉の男たちもいた！ 毎日いるのではないだろうか。ふたりとも仲良しで楽しく働いているのがいいです。

みんなで動物について語り合い、熱く時を過ごす。またも合コンか!?

犬に対する大竹さんの気持ちはいつでもプロだ。

健ちゃん、ごはんのまえに耐え切れずかきあげを食べてしまっていて、満腹。せっかくおいしいものをたくさん食べさせてあげようと見つけた店なのに……筋肉ももれなくついてくるのに……！ しかもそれは「ムーンライト・シャドウ」を読んだせいだと言い張るが、この影響を喜ぶべきなのか？

ついになっつがパンを焼いてきた。しかもおいしいので「俺もやるぞ！」と挑戦状をたたきつけ、レンジで作るパンの本を一冊ゆずり、もう一冊買った。これもまた山下書店でのできごとだった。あの本屋にになら、百万円つぎこんでもいい（案外少額）！

6月13日

インファントマッサージを習いに「ここぺり」へ。

関さんは相変わらずきれいだった。空間もゆったりしていて、いい時間が流れている。

今日はおなかだったのだが、足に比べてどきどきするのでむつかしい。ついおなかを見て赤ん坊を見るのを忘れてしまう。しかもあまりにも深く指が入るので、ちゅうちょしてしまう。

しかし、このすばらしい技術をたった二万円で惜しみなく教えてくれて、赤ちゃん大喜び、お母さん癒され……すごい親切なことだと思う。何よりも、赤ちゃんは単なるチビではなく、人間なんだ、むしろ大人よりも多くの点で優れてるということを学べる。

皮膚科へ。ステロイドを切る方法を考えてもらい、実行へ。

肌から血が出ていないと、赤ちゃんはちゃんと自分の体と心の発達のために頭を使い始める。その様子に手ごたえありだ。

先生は今日もにこにこして、日焼けの効用をちゃんと図に書いて教えてくれた。そして「紫外線を恐れすぎないでください。あまりに強い陽にあてるのはいずれにしてもいけませんが、ランゲルハンス細胞が死ぬので、日焼けはアレルギーにとっていい場合が多いのです。彼の場合は、日光がだめなアレルギーではないですから、海辺で健康的に遊んで、湿疹のことなど忘れてしまう、こうなると理想的です！　でも様子が変わったらいつでもきてください。あと、ステロイドを使っている間は、まめにチェックさせてください。連れてくるの大変かもしれませんが、やめ時をチェックして作戦をたてたいので」と言った。

このことではおそろしい数の投稿があり、みんな本当に苦しんでいて、そしてだからこそ同じ苦しみの人には優しいのだなあと感心する。たとえ、意見が違っても方針が違っても「いやだ」と思うことは決してないです。私の考え方はスタンダードではないかもしれないけれど、とにかく決めて、しっかりとやる。大らかに、愛をもって。

夕方、ラブとゼリが、筋肉たちに連れられ、ものすごくふさふさした立派な犬たちといっしょに歩いていったのでびっくりした。外人って感じの犬たち……うちの和顔の犬たちと……合わなかった。

なんだかかわいいのでじっと見ていたら、大家さんが子猫を抱いて出てきて「ひろったのよ～、この猫飼わない？」と言っていたが、それって、逆なんじゃ、いや、逆ですらないのでは。

6月14日

パンを焼きまくる。なるほど……打ち粉が多ければ、柔らかめでも大丈夫なのか。すごいなあ！ レンジの力。ごまパンとぶどうパンを焼いてみた。簡単。成形さえうまくやれるようになれば、かなりいい感じだと思う。

「レンジでの調理はよくない」という風潮も、あまり好きではない。でも、なんでもレンジで作るのも好きではないが。使いよう、そして使う人の問題だと思う。だってレミさんの料理、レンジ使いまくりだけど、全然いやじゃない。そして、白い服を着ても電磁波は避けられません……。

なっつと青山に「父と母の日」の買い物へ。

結局自分がいろいろ買った。ランドリーの籠《かご》とか、指輪、服、鮨《すし》。

夜は懐《なつ》かしい人からハッピーな電話がかかってくるという、すごく嬉しいことがあったので、気が軽くなって寝る。でも、その人の周辺の人にまつわる他のいろいろなことも思い出してしまい、心の傷がどんどんよみがえってきて、うなされて目覚めた。するとと横で赤ちゃんがほっぺたをもっちりと下にたらして、無心に寝ていた。私の暗い気持ちが伝わってはいけない、と遠慮して隣の部屋に行ってしばし落ち込み、戻ってちょっと触ったら、私の遠慮とか暗いエネルギーを全くかまうことなく、彼は寝たままにゃ～と笑った。それだけで、もう救われた。本当にすごいパワーだと思う。母パワーでこたえたい。

ももたさんおすすめの健康法のうち、朝晩足に水をかけるというのをやってみたら、本当に足がほかほかする。いい感じ！

6月15日

父と母の日。

実家でみんなでごはんを食べる。末次夫妻、たけしくんが来ていた。マナチンコを見せたり、抱っこしてもらったりして、楽しく過ごす。人がたくさんいるとすごくごきげんな彼は、みんなと別れるとわあわあ泣く。いったい、誰の血？　だって、私もヒロチンコもそういうところすごく暗くて内気なのに……。

原さんも来た。原さん、変わったなと思う。なんていうか、とてもいいほうに。姉が揚げたコロッケを七個食べて、めまいがしてしまった。あまりにもうまかったので、ついつい。でも自分でもすごく驚いた。こんなに食べられるなんて！

6月18日

サイン会。

会場に入ったら白いテーブルに花があり、みなが拍手、そして原さんと私の席が並んでいる！

「私たち、結婚するのね……」っていう感じ。

異様にさくさくと進んだ。マナチンコもむずからなかったので、中断もなし。

私とヒロチンコの結婚式のとき、ヒロチンコは気楽なシャツ姿だったが、松家さんはきちっとしたスーツ姿。みんなが「こちらがご主人様？」と聞いてきたのを思い出す。

なぜなら今回控室で、松家さんは私のとなりにすわり、なぜかほとんどペアのチェックのシャツで、靴もおそろいのステッチが入っていて、さらにマナチンコを抱いてあやしていたのだった。

そこにやってきた祖父江さんは完全に勘違いしていて「あちらがだんなさん」と原さんがヒロチンコを指差したら、マジでびっくりしていた。

ヒロチンコ「松家さんは毎回、マホチンのだんなさんにふさわしい態度と服装だね～」

なぜ、あなたが笑顔でそんなことを？

いろいろな人が顔を出してくれて嬉しかった。森くんも久々に見たけど元気そう！

並んでくださったみなさんはみんなこわいくらいかわいくて感じがよかった。そしてドリオくんや翁長《おさなが》くんやとかげくんがいたので感動した。会えて嬉しかった……なんか、オフ会の喜び？ あと、矢坂さんが並んでいてびっくりした。並ばないで〜!! えらい人なんだから〜!! でもそこがあの人の、うんと偉大なところだといつも思います。

原さんは「脳なしくん」をこつこつと描いていたが、98人目くらいで突然、顔に角度がついた。本人もびっくりしていた。魂が宿ったというかなんというか。ああいうのって急に来るんだな、と思った。

祖父江さんは思ったとおり、すごくシャープな人だった。

それからデザインの天才はみんなそうなんだろうけど、ものを見る目が全然違う。中島さんといると驚かされるのと同じように、レンズ豆の並び方とか、本の配列などを全《すべ》てデザインとしてとらえている。それこそが案外世界の本当の姿を見きわめる近道なのかも。

祖父江さんが「赤ちゃんは八ヶ月くらいになるとものすごく変なバランスになるときがあるよ」と教えてくれたが、先日中島さんが「子供が三歳になって『う〜ん、このバランスがベストだな』と思ったんだよね」と言っていたのを思い出した。そういう視点なのだ。どこかクール、ユーモアいっぱい、そしてすごく情が深く、この世界を愛してないとデザインはできないなあ。

赤ちゃんを触るとき、ちゃんと本人に「触っていい？」と言っていたのもすてきでした。

6月19日

サイン疲れで？ まったりと過ごす。

昨日、青山ブックセンターですばらしい本を買った。サンマーク出版の「生き方は星空が教えてくれる」木内鶴彦著。立花隆《たかし》の本の段階ですでに、かなり気になる臨死体験を語っていた人だが、さらに奥深い話が満載。内容も文章も、すばらしかった。新しいごみシステムも、溶解度が高い水も、お金に関係ないところでちゃんと実用化されるといいと思う。考えの全てが借り物でなく彼の体で実感され、実践されているものなので、水のようにすうっと心に入ってくる文章だった。

あまりにも喉《のど》が痛かったのでびわの葉茶でうがいをしたあと、のどのところの炎症をひっぱるような感じでさすったりしていたら、突然のどの炎症が四つくらいのかたまりに分かれて、溶けた。すごくびっくりした。風邪をひく瞬間をとらえることはあるけど、治る瞬間をとらえるなんて、はじめてだった。

でもよく考えたらひく瞬間があれば当然、治る瞬間もあるよな……綾戸《あやど》さんが「癌《がん》のうわさが広まるのは早かったけど、よくなったという噂《うわさ》は全然広まらなかった」と言っていたのを思い出してしまった。いい瞬間って、記憶されにくいんだ。人間は不思議だ。

6月20日

店長が夢に出てきたけれど、いつもの夢と違って本物だった気がする。

元気そうな姿の彼と奥様と、他数人でいっしょに寿司《すし》屋に行く夢だった。店長は握りを食べるけれど、飲み込めなくてとても苦労して、いくつかやっと食べた。「どうして飲み込めないときがあるんだろうな？」と店長は言った。そしてしばらくしゃんとしてしゃべっていたけれど、突然苦しくなってカウンターに倒れた。一生懸命背中をさすったら、すぐにぱっと起き上がって「ありがとう、なんでだか、おかげでもう全然痛くなくなった」と立ち上がった。そして「寿司もなんとか食べられたし、それにまほちゃんにもう一回会えてよかった」と笑顔になり、コートを着て、奥さんといっしょににこにこ去っていった。

店長は、今、きっとまだ体がない状態に慣れていなくて、まだ痛いような気がしたり、苦しいような気がしたりしつつ、夢などを通して、みんなに挨拶《あいさつ》をして回っているのだろう、と思った。だから、人がさすったりすると急にエネルギーが入って、本当の肉体がないぶん、すぐに回復するのだろう。自分でもどうしてそうなのか、いまひとつぴんと来ていないのだろう。亡《な》くなったこととか、体がない状態とか。でも、みんなに会わなくてはとは思ってくれているのだろう。

切ない……目が覚めたら、胸が痛いくらいに、会えて嬉《うれ》しかった。

ハルタさんがお昼を持って来てくれた。そして、私が仕事したりBB用のモデムを調べている間、ずっと歌を歌って赤ちゃんをあやしてくれた。

夕方は皮膚科。

今日と言う今日はそこの先生にますます感動してしまった。というのも、マナチンコはステロイドが切れるとすぐ嵐《あらし》のような湿疹《しっしん》で真っ赤になるのだが、先生は「ここが、いちばんがまんのしどころです。親のほうがあのきれいな肌を忘れられずにステロイドを使いたくなり、そしてずっとだらだら使ってしまうのです。だから、一回できた皮膚をなるべく大切にしつつ、この一週間はステロイドを使うのをやめましょう。

私の予想では、一回ぐっと悪くなり、そのあとこの子自身の力で、だいたい今日くらいまで復活するでしょう。それを目標に、とにかく一週間がんばってみましょう」と言ったのだ。

正直言って、またひどくなってきた湿疹を見て、先生はもっと強い薬を出すのでは、そして、それはそれで仕方ないのか？　と身をかたくしていたので、そのやり方にはほれぼれした。

「この子自身の力」この言葉こそが、最近病院で聞かなくなった、大事な言葉だと思う。

その後はなっつ、ハルタさん、ヒロチンコ、大竹さん、早川さんでチャカティカに晩御飯を食べに行く。パッタイ、うまし！　ぜんざいもうまし！

またも田中さんにマナチンコをさらわれ、たっぷりとあやしてもらった。彼は、八百屋の店先で果物を見たり、さかさにしてもらったりして、きゃっきゃっと笑っていた。

結子と電話して、お互いさえないね〜という話をしつつ愛を確かめ合い、しばしの別れを惜しむ。

そしてヒロチンコがすごく親切にＢＢの設定を完了してくれた。すごいなあ……無線LANの力！　すばやくメールも送れるようになりました。

6月21日

朝の十時におおしまさんから着信があったのでびっくりしてかけなおしたら、かけてないけど、携帯電話がポケットで押されたようだと言っていた。ああ、驚いた。でも、声が聞けて嬉しかった。私にとっておおしまさんは安心とか楽しさとか保護されている感じの象徴。イメージが鈴やんとちょっとかぶっているけど、もしや、私は群馬に縁があるのかね？

あれほどまでに親友を思っている姿を知っているからか。親の葬式のこととか考える時、ああ、おおしまさんも来るだろうと思うとほっとするほどだ。甘えてるだけなんだけど。

荷造りをしつつ、またもチャカティカでお茶をし、とんぼ玉を見、ばたばたと晩御飯はパンを食べて過ごす。こういうワンパターンの日々っていいなと思う。

旅行の前はいつも面倒くさくなってばたばたして不安だけれど、大変なら大変なほど、思い出ができる。これは赤ちゃんの初飛行機旅行なのだ！　と思う。

ぎっくり腰なのでロルフィングをちょっと受ける。首はまわらないし、腱鞘炎《けんしょうえん》だし、腰も痛いし、おっかさんはぼろぼろですね、全国共通で！

6月22日

石垣へ。

赤ちゃんは案外泣かなかった。が、飛行機の中でウンコを出しまくり、恥ずかしかった。ところで、今回の旅、率直に感想を述べると、ANAは活気があり、JALは終わりかけているという感じがした。どうして？ と問われればきっといろいろ言えるが、肌でひしひしと感じた感想。あんなにもいろんなことが違うなんて、びっくりしてしまった。批判とかでもなくて、違うっていうふうにしか言えないけど。飛行機の中で「なんと1300円！」と書いてある赤札を見るなんて、外国かと思った。あと、すご～く頼まないとビールが出てこなかったけど、もう一方は、にこにこしながらおかわりなどすすめていた。たまたまかなあ。

がんばってほしいですね（？）。

空港にまなみが来ていた。会えてすご～く嬉しかった。そして赤ちゃんも……女の子で、繊細で、白くて小ぢんまりしていて、小鳥みたいだった。違う！　今回いちばん感じたのは、野郎と女の子では大変さのポイントがすごく違うっていうことだった。個人差もうんとあるけれど、違いは確か。大変なのも同じだけど、質が違う。

海辺にちょっと散歩に行って、そのあと「やまもと」に焼肉を食べに行く。すごくおいしかった。失敗だったのは牛バラってやつだけで、脂の固まり。炎があがって赤ん坊が魅せられていた。湿疹のほほを赤く照らすほどの炎！　♪もえろもえろ～（フレームフレームフレーム）♪と陽子ちゃんと思わず「炎」を歌う。

みんなでナタデヒロココに電話をかけて、元気な声を聞く。この場にいればいいのにね～、とまなみと言い合う。

タクシーでイモ類のアイスをむさぼり食いながら、帰る。

そしてまなみと風呂《ふろ》で妊娠線を見せ合う。お互い苦労したねって感じ。そして乳をもませてもらったが、触るだけでどの程度乳がたまっているか自分のことのようにわかる、俺たちは今、同じくらい乳マシーンだ。

帰ったらマナチンコがむちゃくちゃ泣いていた。乳をあげてごまかして寝かせる。

家よりも泣き止《や》みやすいのは、多分、動物がいないからでしょう。

それから、最近少し話が通じるようになってきた。なだめると泣き止むようになってきたので、その点は楽。「ママじゃなくちゃだめ！」っていうところは大変なところ。

陽子ちゃんがマナチンコの唇を奪っていた。「無防備な姿……襲いたい！」と言ってちゃんと「襲っちゃうよ～」と丁寧に断わってから襲っていました。

6月23日

昼は海へ。

久しぶりの珊瑚《さんご》世界。でも、やっぱりちょっと死んでいた。もっと沖に行けばあの気持ち悪い生き生き世界を見ることができたんだろうけれど、まあ、子連れだから。

水につけてみたら、大泣き。そりゃ、そうでしょうね……。

ついさっき？まで水の中にいたくせに、薄情な奴《やつ》だ。でも、湿疹はみるみるうちにいい感じになった。海水は自然のステロイドですね（？）。私はまだ股《また》が治りきらず、平泳ぎができないのにびっくりした。足が外側にがくんと開いてぐるぐる回りそう。リハビリが必要だ。

大泣きの小僧をなだめながら、それぞれが初海水浴の写真など撮り、ホテルへ戻ってちょっとだけプールにつかる。

ヒロチンコがビールを買ってきてくれて、感激……。自分は好きでないもので人が大切にしてるものをわかってくれて、行動してくれるところに。

夕方の光の中で一杯目のビールを飲む瞬間（もちろん好きな人たちと）って、人生のいちばん幸せな瞬間だと思う。

そして変な料理屋へ行く。観光客が団体で行くようなところ。一回くらい行ってみようよということになり。しかし、すごく中途半端《はんぱ》で変で、料理もいまいちだった。でも、まなみと大ちゃんがいたからもうなんでもよかった。毎日会えて嬉しかったから。そして……やけで最後に頼んだ天丼《てんどん》がなぜかすごくすごくおいしかった。この店で、しかも沖縄の天丼ですよ？　なんでおいしいの？

6月24日

昼は市場の近くでたらし揚げを買ったり、おいしいコーヒーを飲んだ。

あのあたりも、観光と地元、若者と年寄り、移住派のあり方とかそういうののややこしさが透けて見えた。やっぱり住むのは大変なことなんだろうなあ。私は本島と波《は》照間《てるま》しか行ったことがなかったけど、いつもそういうのは感じずにはおれなかった。だから軽々しく沖縄の小説を書く気になれなくて、観光客小説を書いている。

午後、ちょっとだけまなみの家に行く。

風通しがよくて、洗濯物が干してあって、適度に散らかっていて、住んでいる人の毎日がちゃんとある、懐《なつ》かしい家だった。なんとなくだけれど、昔、私が育った家みたい。まなみはいろいろ自信がないみたいなこと言うけど、私は、まなみと大ちゃんの子供になってこの家で暮らしたいと本気で思った。赤ちゃんがうらやましい。

キミ食堂でみそ欲を満たして、別れる。

そして海岸に行き、子供を一瞬洗って（？）、ひと寝入り。

夜はまなみおすすめの居酒屋へ行く。すごくおいしくて活気があった。「アダン」の居酒屋バージョンっていう感じのきりっとした味。作っている人の顔が見える味だった。何を頼んでもおいしくて、みんなきびきびと働いていて、空間が清らかだった。

ヒロチンコ「刺身の山、いくら食べても下からつまが出てこないね」

そう、刺身が大盛り！　なぜか餃子《ぎょうざ》もおいしかった。

最後の夜なので陽子ちゃんと恋の話などして、寝る。

6月25日

涙の別れ。

でも、まなみと赤ちゃんの元気な姿を見ることができてよかった。とても楽しかったし。勤務中の大ちゃんをむりやり呼び出して、記念撮影をする。大ちゃん、ほんとうにいい奴！　なかなかいないくらいにいい奴なんだな〜。あらためてそう思う。はじめからぺらぺらしゃべって感じがいい（それって私か……）人よりも、どんどんよさが出てくるこういう人が好き。

飛行機でちょっと耳が痛そうな赤ちゃん（高度が変わると機内の赤ちゃんがみんないっせいに泣き出すので面白かった）にずっと乳を飲ませつつ、帰宅。なっつが迎えに来てくれたので、家まで爆睡して帰った。タクシーではこうはいかない。ほんとうにありがたかった。

今回はかなり注意深くいろいろ感じていたので、東京のストレスの質を少し理解できたように思う。ひとつひとつの行動が、波になりにくいし、次につながりにくいんだなあ。そして酒に逃げるのはやめよう！　と本気で、なんとなくすがすがしく思った。酒が本当に好きだから、おいしくすがすがしく飲みたいのです。

6月26日

夫婦共にへとへと。でもなんとかがんばって一日を過ごす。

いらいらしてやつあたりしそうになったり、怒った声になるのは簡単。とりつくろうのも簡単。でも、それとは違うことをふたりとも目指しているっていう感じのがんばりなので、無駄になることはないだろうと思う。

いちばん痛感するのは、体力をつけたいということだ。フラダンスに復帰できるまで、地道に体力つくりをして、ストレスと無駄な労力を減らすことだと思った。でも、かたくるしくなく、自由に。

焼肉を食べに行ったら雨が降ってきて、おじさんとおじょうさんが争うように傘を持ってきてくれた。嬉《うれ》しい。その後、傘を干している廊下さえもあったかい感じがするくらいに。

今日はまなみに会えないので、淋《さび》しい。海もない。なんでここにいるんだろ？　と曇り空を見ながら思った。

かわぐちかいじの漫画を読んで、感動しつつも暗澹《あんたん》とした気持ちになる。でも描き方が上手だし、彼の描くヒーローはいつでも眼が澄んでいて説得力ある。

6月27日

みちよさんとあーくんが寄ってくれた。

大きくなっていてびっくり。亀《かめ》を見て「恐竜がいる……」とこわがっていた。そしてソファにぽーんとすわったので、嬉しくてのたうちまわりそうになった。男のちびっ子がソファにころがるのを見るのが好き。うちでも近い未来に！

近所にいた頃、みちよさんを見るといつも幸せになった。顔があまりにもきれいなのだ、いつだってすっとしていて。

幼稚園とか英語教室について、ママ仲間らしく質問してみて、いい情報をたくさん得た。

み「よしもとさんだったら、大丈夫、どこにでもすぐなじめるから」

彼女がそう言ってくれると、まるで「そうかも」という気になる。自分にそういう側面があるというのを知るというか。そのすごい輝きを本人はあんまり自覚してなくって、上のおねえちゃんを迎えにさらりと去っていった。

慶子さんも登場して、いっしょにお昼を食べてミーティング。私が「背景の条件……親だとか、出身地だとか野球とかを抜きにして、容姿だけで、イチローと松井が立っていたら、私はためらいなく、なんの『こういう自分が好き』もなく、松井をとる。だってイチローがかっこよく見えないんだもん」と言ったら、マジで驚いていた。ヒロチンコは上記の発言をしたら、ちょっとがっかりしていたようであった。

私は、昔、なんだかものすごいハンサムな人といい関係にあった時期があるが、その人の第一印象は「なんて首が太い人だろうか」だった。わざと「顔で選んでない」と言いたいわけじゃない。どこかがずれてる。つまんないなあ！

なっつが来て皮膚科へ。誰もがこのアトピーに慣れて（本人も）、このまま進んでいくっていう感じだった。先生は笑顔で時間稼ぎの作戦をいろいろ立てようと言ってくれる。でも、マンネリ的な治療にはならず、子供に負担の少ない形をあれこれ模索してくれる。先生に会いたいから、来週も病院に行こう、って感じで楽しい。いいじゃん、顔が真っ赤でも、と気楽な気持ち。

サンディー先生のビデオを見て、ちょっとフラを練習。踊りたいな〜！ なんて思う。先生の動き、声、しぐさの全《すべ》てが私の目にすっかりもう焼きついている。生で習えたことは、財産だと思った。

6月28日

みーさんの「高山なおみさんののんびり作るおいしい料理」エス・エス・コミュニケーションズ刊、すばらしかった。私は、料理の本とはつまるところライフスタイルの本ではないかと思う。

食材をどう買ってきて、どう保存し、どういう家に育ち、何を食べてきて、自分はどうしたいか。

私はフランス的な料理は一切しないけれど、パトリスの料理の本は大好き。それは、彼の毎日が生き生きとつまっているから。

そして嫌いではないけど、栗原はるみさんの本の料理は全然作らない。毎日の生活のしかたがあまりにも違うからだ。私はこんなふうに野菜は買わないし、油は使わない。そういう感じで、もしあの本の中の料理を作りたければ、生活の切り口から変えなくてはいけないということになってしまう。

みーさんの描いているあるジャンル……ちょうど、お互いがまだ子供みたいな気持ちで結婚して、音楽や絵や映画が好きで、自由な感じを残しつつ自然に接して暮らしていきたいけれど、山奥に越すというのには興味がなく、町の中で日常を探検したいというような人たちのためのお料理の本……は本当にこれまでエスニック方向に極端に誇張された形でしか存在しなかった。だから、彼女がはじめてだ。切実に必要とされていると思う。

うめぼしの種のしょうゆ漬けや食欲みそにどんどん薬味を足していくところとか、本当にすてきだと思った。あと、どのくらい保存できるかちゃんと書いてあるところ。

ここぺりにインファントマッサージに行く。

私はここではじめてほんとうに赤ちゃんの言葉がわかったし、通じ合えて安心できたという気がする。お母さんが、赤ちゃんに触って会話をするということの意味がよくわかったし、赤ちゃんの言葉を普通に理解できる関さんは静かな天才だと思う。素直に「この人、尊敬できるなあ」と思う。飾り気もないのにたたずまいが静かで美しい。「昔マラリアをやったから～」とさらりと言っていたのもすてきだった。とにかくあの静かな部屋に行って、関さんといるだけで、母親業のへとへとがなくなるのも不思議。母が学びつつ静かになれる。ううむ、おすすめしたいので連絡先を載せてもいいですか？ と聞いたら、「ひとりでも多くのお母さんが赤ちゃんと会話してほしいのでいいですよ」ということでした……ので、連絡先をリンクに載せておきます。

サイトは今、作っているそうですので、電話番号のみ。はいはいくらいまでの赤ちゃんにマッサージをする、あらゆる意味でのやり方を、お母さんが教わるのです。四回で二万円も激安だと思う。あれだけのスキルを教えてくれるのに……。マッサージするようになって、はじめて赤ちゃんが私を本当に認識してくれた気がする。

えりこさんのところにいって、いろいろしゃべる。

赤ん坊が泣いたりウンコしたりしてばたばたしていたが、何も聞きもらさず濃い会話をする。そうか、体が変わったのに前のリアリティで生活しているから疲れるのか……もうがつがつ食べなくていいのか、といろいろ目からうろこを落としつつ。それにしても子育てしてるとにわかにおばさん体型になるね、やっぱし！ 背中がたくましくなるし。でもいいの、おばさんだもん。

ウェスティンに中華をみんなで食べに行く。いろいろなものが見えてしまうえりこさん、

「下町って、たとえばバスに三人くらいしか乗ってなくてもそれぞれが見えない人を五人くらいずつ連れていて混んでるから、住みにくいんだよ～」と言っていた。こわい、でもなんかわかる！ わかります！

6月29日

最近、目覚めると赤ちゃんが足を上にたか〜く持ち上げている。ふとんが三角に盛り上がっていてぎょっとする。そして、乳を飲みながらもたまに私を目で確認するようになった。顔と乳が結びついて……そしてますます「ママ〜！」となるわけだね。

ふじさわさんのおうちに寄る。

みさきちゃんとセドリックくんがいた。う〜む、セドリックくん、頭よさそうでまじめそうだ。

何年間も写真の中だけで見た人に会うって、不思議。

そしてかわいいマユミさんが婚約者を連れてきていた。私の本をずいぶんと読んでくださっているそうで、恐縮。初対面なのにみんなで笑ってとうもろこしを食べ、婚約者の人のことはさらに知らないのに笑顔で「おめでとう、いい人そうでよかったね！」などと言っている私。そして赤ちゃんを抱っこして「やっぱりおばあちゃんがいちばんだよな」と言うふじさわさん。これこそが下町の感覚。よく他のところで驚かれるが、当然の感じなのだ。たとえ人が少ないバスに見えない人々がたくさん乗っていようと、やっぱり気が楽。

マナチンコが眠くなってぐずりはじめ、セドリックくんが抱いてあやしてくれた。大きい手で安心感がある。なのに、みさきちゃんがさりげな～く「これは、こわいよね、黒いもん」などと言っている。自分の、彼氏を、そんな……。

実家に行って、ウルルンを見ながら姉のおいしい焼き羊を食べる。黒田くんはえらいなあ、いつもすさまじいところばっかり行っていて……とみんなで感心する。あんなところに行って、知らないババアのふんどしを借りて……えらい！　すごいなあ！　野村さんのたいへんさがかすむほどだった。

6月30日

取材4本いっぺんに。

文藝春秋の、かんづめ部屋を赤ちゃんに貸してもらう。机の上にどんと広辞苑が置いてあるのがリアルだった。あと、浴衣《ゆかた》とか。なっつに子守をしてもらい、行ったりきたりしてなんとかこなす。そこに一日いたために電話の連絡表をしっかりと見ていたなっつは社員の内線状況や女子社員の旧姓などをしっかりと把握していた。

私ももうおばさんなんだけど、新聞社のかしこそうな人たちがインタビューに来ると、こんなしっかりしたおじさんたちが、私などに話を聞きに来てくれるだけで申し訳ないなあ……と思ってしまうくせがぬけない。

終わって、みなで中華を食べに行く。平尾さんに久しぶりに会えて、とても嬉しい。平尾さんはいつでも、希望っていう感じがする。ものすごく頭がよくって、楽しそうに働いていて、言い知れない健全さがあるから。でも闇《やみ》がないわけではなくて。

赤ちゃんに左乳を吸わせていたら、しきりに「右の乳は空いているようだけれど、吸いましょうか？」と言っていたが、これ、闇？

子供が産まれる前は「取材など半永久的に受けられないに違いない」と思っていたが、なんとかなるので驚いた。なんとかなるという程度だけど、それにしても！

「ER」のあまりの暗さに驚く。去年、先に観《み》ていたイタリア人たちが暗澹《あんたん》とした表情で感想を語っていたのがよくわかった。アビーちゃんふんだりけったり。

いかがですか？　あたしは、軽くはありますがアレルギー持ちです。冬が、少し苦労します。

先日のばななさんの日記で「人は、相手によって引き出される自分を～」という一節を読んで、ふか～く共感させて貰いました。いつも自分は、人の顔色とか心情を読み過ぎなのでは？と、感じていたのです。でも、そうだよ！　これだよ！　と、ぱちんと弾けました。そうだったのか～と。と、なると知人が多かったりすれば印象の受け取られ方が十人十色になるのは当然な訳ですよね？

最近なにかその辺の、自分のバランスが悪くなって来た気がするのです。付き合いのある人達とそのあたりが、ずれて来ちゃってるな、と感じるのです。演じすぎて解らなくなってしまったのか、自分を出し過ぎてしまっているのか？　芯のトコロは、守っているつもりなのですが。

自分をある程度演じられる……この癖みたいなモノって治ると思いますか？

でも逆にこれって相手にもさせている事もあるという事ですよね？　こちらの思い込みみたいなもので。

シンプルって難しいですね。

(2003.06.20－sue)


それは、いっぱい考えたので答えられます。演じていると思っている自分、それもまたシンプルに考えて単なる自分なのです。私は実際は死にそうなときでもすごく元気に見えるので「これって演じている、よくないわ」とずっと思ってきましたが、最近、それができる特技を持っている自分なんだな～、とわかってきました。どっちも普通に自分なので、分けて考えないで現実的に対処したほうがいいのです、きっと。

(2003.06.26－よしもとばなな)

ではナンセンスだし、決断も判断もすべて自分でできるから。

体は心と密接に結びついているものだと思うので、ストレスの減少がアトピーの減少につながったんだと思います。

あと、母親として、湿疹持ちの子供を目の当たりにするのはつらいに違いないと思いますが、過保護にならぬほうがよかろうかと。私自身、幼いころは過保護にされて、自分の症状に甘えていた部分もあり、そういった時期はなぜか症状がひどかったものです。

質問です。

「あ、体と心はほんとーうに、密接に結びついてるんだ！」と強く思われたことはありますか？　そしてそれはどんなシチュエーションでしたか？

それではお体に気を付けてお仕事がんばって下さい。

(2003.06.19－turtle)


そうなんすよ！　私もイタリアとかフランスとかデンマークに行くと、なぜか肌がつるっとするのですが、あれは水ですわね！

うちは超不潔で、しゃれにならないくらい。そのことで今回いろいろな人にあれこれ言われましたが、結局どうにでもなると思いました。問題は、気づかれというのが大きい気が。だって、かわってあげられるものでないなら、明るく過ごしたほうが。

経験者の気持ちのいい意見、ありがとうございます。

私はもう立っていられないくらい疲れきったとき、顔にものすごいヘルペスがふきだしてきて「ああ、これは今の状況に対する怒りの炎が自分を焼いているんだな～」となぜか思ったのですが、今考えても合っている気がします。

(2003.06.26－よしもとばなな)


ばななさん、こんにちは。梅雨ですね、マナチンコ君の湿疹は他の国の国民性に度肝を抜かれたことはありますか？

村上春樹さんのイタリア人の描写が面白かったので質問しました。それではお体大切にー。

(2003.06.19－ほわほわ)


すばらしい彼だったですね！ 次は「デッドエンドの思い出」をプレゼントしてくれる人が出てくることを祈ります……というのは冗談で、元気出してくださいね。

うちの子供はなんだかいつも人の汁の匂いがして、いい感じです。汗ではないところがポイント。でも毎日楽しいです。

国民性にびっくり、それは南米の方々です。すごくひんぱんに生命の危険にさらされているっていう話を、さらりとするんです。その明るさがこわかったです。

(2003.06.25－よしもとばなな)


こんにちは、ばななさん！

日記の、マナチンコくんの湿疹の様子について読むと痛々しくて、なんだか人事だとは思えません。私も生まれたときからアトピー性皮膚炎を持っていて、心身ともにだいぶつらい思いをしました。しかし、数年前にイギリスに移住してからというもの、症状が激減し、家族も私自身も驚いています。渡英してからアトピーが治ったという話は、私の周りでもよく聞くのですが、それは多分、水が硬水であること、杉がないことが理由だと思われます。日本での花粉症の季節、症状はひどくなるものですから。

それでもやはり、イギリスは日本と比べてそこまで清潔な国ではないですし、食べ物だって豊かだとは思えません。しかしながら、アトピーにはいい。それはたぶん、おかしなストレスが少ないからだと思います。無駄な気を遣って神経をすり減らさなくて良いし、他人と自分を比べて一喜一憂することはこの国

たくさんの自分好みの本にめぐりあうためにはやっぱり数を読んでみなければとも思うのですが、ハズレたときのことを考えるとどうしても好きな作家さんばかり選んでしまって冒険できずにいます。そして本屋さんでウロウロウロウロしています。

もしなにかあれば教えてください〜。

(2003.06.11－絢)


私はプロ？　なので、もう数ページ読んだだけで、好きな感じの本かどうかわかるところがあります。でも、たまにはずれも買ってしまい、衝撃を受けます。昨日もまさにそういう失敗をしました。そういう時のくやしさ悲しさと言ったら！　同じお金で上カルビを頼めたのに！　と思ってしまいます。

やっぱり、当たりを求めて書店でぶらぶらする時間をうんと楽しんで、大切にするしかないのではないでしょうか。競馬のように……。

(2003.06.12－よしもとばなな)


ばななさん、こんにちは。いつもホームページを楽しみに拝見しています。マナチンコ君の具合はいかがでしょうか？　私は自分が小さい頃からアトピーだったので人事とは思えません。かゆみもわかる！　少しでもかゆみと痛みが減りますように。

ばななさんの本は私が初めてつきあった彼のことを思い出させます。というのも彼が私にくれた最初のプレゼントが「白河夜船」だったということ、彼との恋と別れがばななさんの物語の色と似ていること、があります。まあ後者は自己陶酔も多少……。てへ。

今は辛い時期なので心に残る言葉を書き抜いて涙が出そうになったらそれを読んでグッとこらえてます。

さて質問です。ばななさんはいろいろな国にいかれてますが、そこで質問なのですが、自分の内にある声、本能のような、体の中で、本当に自分が感じていることを、しっかりと気付くためにはどうしたらいいのでしょうか？

ばななさんが気をつけていることなどありましたら教えてください。

(2003.06.09－ともこ)


私ずいぶんリハビリしましたよ。

それで、本能は「自分がここにいたくない」ということをすごく強く教えてくれるので、そこからはじめた感じです。食べ物とかに関しては、急いで食べてしまうものは、合わないとか。頭だけが回転して体がだるいときは休むとか。簡単だけれど、忠実になるのがすごくはじめはむつかしいです。

だって、人に会って「また会おう」「いやです」「どうして？」「体が帰りたがるから」とは言えないですし。

そして同じ人物でも大丈夫なときもあったりするので、毎日が練習です。

でも、そのうち自然とうまくいくようになります！

(2003.06.11－よしもとばなな)


ばななさん、こんにちは！

先日、シティリビングというオフィスに配られるＯＬ向け（？）情報誌の「おすすめ本の紹介」のコーナーに、大好きな「虹」について投稿したらなんと掲載されました!!　パンパカパン！　勝手に布教活動を行ってすみません。おすすめしたい血が騒いでしまって……。

質問です！

ばななさんは読む本を選ぶとき、基準のようなものはありますか。

景色が人がどうこうというより、その空気の質感や漂う雰囲気といった目に見えないものが……小説があまりにリアルで、完璧で、ばななさんの才能が心底怖かったです。

追加情報ですが、ばななさんのお気に入り、メンドーサの喫茶店「CLASS」は、閉店してしまってましたよ（ショック！）。

さて、ハチハニーの主人公のように私も「白いスカーフのお母さんたちの行進」でTシャツを買いました。ばななさんも買われたのですよね？　何色でしたか？　わたしのときは青しかアリマセンでしたが、すっごく気に入ってます。青以外にもあったのかな？　と思って、質問させて頂きました。

(2003.06.03－5月広場)


マジすか？　淋しいです……毎日のように行っておいてよかったです。あの店。シャツは確か黒だったと思う。

アルゼンチンは私が行った頃よりも情勢が悪いと思うんだけれど、不思議なのびやかさがありますよね。ラテンの人々がいるからか、あの自然のせいか。

しかし、ありがとうございます。そんなふうに行動していただき！

(2003.06.05－よしもとばなな)


ばななさんこんにちわ！

遅れ馳せながら、今「王国」を読み終えたところです。大切にしたい言葉がたくさんちりばめられていて、きっと何かつらいことがあったら、この本を開けばいいなと思いました。

いつも心の中でかたちにならないままある、かすみみたいなもの。本当はとても大切で、自分にとって重要だと知っているのに、つかみ損ねてしまうものを、ばななさんが言葉にして教えてくれたという感じがしました。

今は辞書を片手にイタリア語の勉強と称して読みふけっています。そして思うのが、「ばななさんの言葉はイタリア語に合っているなぁ」ということです。以前、英語版の『とかげ』を読んだ時に正直がっくり来たことがあるのですが、イタリア語ではそんなことは全くありません。翻訳の方の感性の素晴らしさもあると思いますが、作品の空気を損なうことなく純化して届けていることにも感動しました。でも多分、他の言語だったらこうはいかないだろうなぁ、とも思うのです。

イタリア語は人生をひたすらに愛しつづける人たちの使う言葉だからこそ、こんなにもばななさんの作品と相性がいいのかしら、と私は勝手に思っていますが、ばななさんはどう思われますか？

なんだか『イタリアンばなな』とかぶってるっぽいですが……すみません（『イタリアンばなな』のクリスマスにまつわる巻末エッセイ、日伊両方で読めて楽しかったです☆アレさんも素晴らしい……）。

(2003.05.28－さわら)


まずは訳の人々が才能あふるるすばらしい方たちだというのが大きいですよね。そして、きっと合ってもいるのでしょう。感情表現や自然描写に関する単語が無限にありそうだし。あとリズムをものすごく必要とする文体なので、そこも合うのかもしれない。

(2003.05.28－よしもとばなな)


ばななさん！　こんにちは！

「不倫と南米」を読んでどうしても同じ場所に立ちたくなり、アルゼンチンに行ってしまいました！　そして驚愕しました！

あれ、「ハチハニー」や「プラタナス」、そのままの世界だ！

うとは！　驚きました。うれしかったです。

質問です。

芸術家が作品を作るとき、そちらに力と才能を注ぎすぎ、自分の命をすりへらしたり、自分の時間をつぎこみすぎてしまうことがよくあるのではないかと思います。

そのへん、よしもとさんはとても上手にバランスをとっておられるように感じますが、それは相当むずかしいことなのではないですか？　また、そのバランスをとるこつのようなものがあれば、教えてください。

よろしくお願いいたします。

(2003.05.21－堀江由起子)


いや、集中してるときに宅配便とか来ると、口がきけないこととかあります。声が出てこないの。だから、むつかしいことではありますよ。

時間はつぎこみすぎると私の場合、勇み足っぽくなるので、急ぐところは急いで、時間をかけるところはかけるというお料理っぽい見きわめが大事みたいです。

あと「このネタはあとにとっておこう」というのをしないで、今のこと全部を使い果たすのが、いいみたいです。

ところで絵本ありがとう！　幸せな暮らしをね！

(2003.05.24－よしもとばなな)


うわーい、ばななさん、ご出産本当におめでとうございます!!

マナチンコくん、ヒロチンコさんともども健やかな日々を過ごしていかれるよう、心の底から祈っています。

私は先日、イタリア旅行に行ってきました。そこで何をしたかというと……本屋に行ってイタリア語版のばなな本を買いあさったのです！　ふふ。

あんなに泣くほど嬉しい時が来るなんて、考えたことなかったですよね！

(2003.05.21－よしもとばなな)


こんにちわ！　２度目の投稿です。

私は英会話学校で受け付けのような仕事をしているのですが、最近立続けに外国人講師が精神的に参ってしまい国に帰国するという事がありました。そのうちの一人は私からみても『かなりきてるな』という感じで、カウンセリングにつれてくように他のスタッフを説得し、行ったら自覚症状がないのでかなり重症だったのです。私もいぜん精神的に参った時に、内科にいったのでその先生の心の状態がかなりわかり、感情の転移というか私自身もかなり参ってしまいました。

悩み事相談というのは続くものなのか、他の人の家庭の悩みやマタニティブルーの相談など連続できいていたら、自分が眠れなくなってしまい、改めて自分には精神科とかでは勤務できないなと感じたのですが、ばななさんはたくさんの相談をうけ、内容の重いものに関してはどう対応していますか？

(2003.05.21－優子)


結局、その人の世界はその人の視点で構築されているので、他人にはどうしようもないというのをふまえて、なるべく楽しいふうに接するしかないんですよね……。

私もいろいろ受けやすい体質なので、相談には、あまりのらないようにしているという感じです。

(2003.05.24－よしもとばなな)

よしもとばななさま
名古屋の堀江です。まさかここで絵本の到着を確認できてしま

んどちらが考えられたんですか？

よろしくお願いします！

(2003.05.17－ユウキ)


ふたりで、夜も寝ないで考えました。安野モヨコさんがエッセイの中で、ペンネームを変えようかと思って字画を考えているうちに「安野モ」だといいじゃないか！　とかだんだんおかしくなって名前ですらなくなってきたと書いていたが、すごくよくわかります。だんだんもう字画がよければなんでもいい状態になってきて、煮詰まり、そしてヒロチンコのひらめきが全てを救ったという感じでした。

(2003.05.19－よしもとばなな)


ご出産おめでとうございます。私も昨年出産しましたが、ばななさんと同じで、二晩徹夜で産みました。入院３日目の朝、内診のあと「子宮口全開です」と言われたときの嬉しさ。私も同じでした。まだ子供は生まれていないのに、わんわん泣いて喜んだのを思い出し、笑ってしまいました。

ところで質問です。うちの子も男の子ですが、私は女の子も育ててみたいなと思っています。ばななさんは、また子宝に恵まれる機会があるとするならば、どちらを望まれますか？

(2003.05.19－Izumi)


おらはもういい、ひとりで充分だ……。

というか、相手（赤ん坊）のあることだから、きっと親の一存では決められないんだろうな、と思います。だから万一のことがあれば、どっちでもかわいいです。もうコツも少しわかったし。

それにしても人生の中で、あんなこと言われて（子宮口全開）

う」。そういうまなざしが、ばななさんの日記に溢れている気がします。

質問（というより確認かもしれません）は、その僕の考えは正しいのでしょうか、ということです。よろしくお願いします。

(2003.05.17－たか)


わかるよ……だって私男だもん。男が好きじゃないし。でも女として産まれてきてるからそれなりにやってるって感じ。子供産んでるときも「うわ〜、俺、子供産んでる、きしょい〜」と思ったもん。だから、たかっちがその逆だっていう感覚、よくわかりますよ。そして人間というところまですそを広げていけば、いろいろな経験に対する感想と言うのは、共有できると思います。特に性別に興味がありすぎるタイプの人を除けば。でもそういう人はそういう人のやり方で、世界を解き明かそうとしているのでしょう。

日記のことをたかくんにほめてもらえたのは、「鶴光のオールナイト」（これはもう最高の栄誉だから）と言われたのと同じくらい、嬉しかったです！

ところで、俺も、君が元気かどうか、ずっと気になっていたぜ！

(2003.05.19－よしもとばなな)


ばななさんご出産おめでとうございます！　Ｑ＆Ａも再開されて本当にうれしいです。無理をなさらないでくださいね。

早速質問なんですが、マナチンコちゃんの名前はどういった感じで決められていったんですか？

私は気に入った名前の中から字画のいいものを……と思ったら、本によって画数の考え方が違ったりして、結局気に入った響きのもので決めてしまいました。またばななさん、ヒロチンコさ

不思議ですね〜。

(2003.05.19－よしもとばなな)


ばななさん、こんにちは。ご出産、おめでとうございます。

お久しぶりです。感慨無量です。このコーナーが復活するのは。僕自身、さまざまな経験を経ながら、ばななさんの言葉がからだ中に、そして魂に深く染み渡るような感じを常にもっていました。そして、恐らく僕はいくつもの段階を踏んで、この場でばななさんへの質問を考えています。

もし仏教でいう輪廻、というものを信じるならば、僕の前世は女性に彩られていたのだという確信がなぜかあり、ばななさんは、以前おっしゃられていたように、男性に彩られていたのだと思います。これは直感に過ぎません。ですが、しかし、その直感をもとに考えた僕個人の意見なのですが、僕はいま、男として、子を持つということが、それ自体、不思議でしょうがないのです。子は、基本的に、男のものではない。母の血肉を分けたのが、「子」なのです。ですが、男もその生命の誕生に決定的な影響を持っている。その不思議です。

そこで、ばななさんの日記を読む限り、そこにはあたかも「初めて」(あたりまえですが) 子を持つ母の実直な感想が描かれており、読んでいる、男である僕に、常に新鮮な感動を与えるのです。子を持つという不思議を、男である僕に代わって描いているかのような錯覚に、いつも襲われるのです (この女性的な共感覚を理解していただけるでしょうか。ほかの男性でもいらっしゃると思います)。

複雑なので整理しますと、おそらくここに掲載されているばななさんの日記は、人 (男性にしろ女性にしろ) が、子を持つということの不思議を解き明かす、すばらしい文学作品なのです。

「この子は生まれたことにどういう気持ちを持っているのだろ

質問です。赤ちゃんが今より少し大きくなったら、読んで聞かせたい絵本とかはありますか？

(2003.05.16－永井よう)


名古屋の堀江さんがさがしてプレゼントしてくれた本「ちいさいおうち」すごく好きだったので。あとはさるのジョージの奴と、ムーミンコミックスは必須だなあ。でもこういう親の夢って絶対裏切られてウルトラマンとかその頃のライダーの活躍を読まさせられるはめに。

(2003.05.19－よしもとばなな)


こんにちは。無事ご出産おめでとうございます。

出産の時の日記を読んだときは私までとてもうれしく、涙ぐんでしまいました。私はほんとにばななさんが好きなんだ……と実感。マナチンコくんがすくすく元気に成長されることを祈ってます。

さて出産経験のない者からの質問なのですが、自分の子供は自分の魂をちぎったようなかんじなのでしょうか。それともやはり、あくまでも「他からやってきた別の人」みたいな感覚なのでしょうか？

(2003.05.16－バニラ)


ありがとう！　あなたひとりでいやな奴十人分のいやなパワーをはねかえしてくれます。

よく、昼寝とかしていてはっと起きると家に赤ちゃんがいて「あれ？　なんだ？　この赤ちゃん」と思います。そういう感じ。ところが泣いてたり、しっしんをかきむしって血を出してたり、うっかり頭を壁にぶつけたり、寒そうだったりすると胸がしめつけられ、自分の魂をちぎったような感じがするのです。

とき、自分の本は読まないの？」と真顔で聞いてきたが、そんな人、いません！　と答えました。

(2003.05.15－よしもとばなな)

こんにちは☆

私はペット（犬1・猫1・ハムスター1）を3匹飼っているんですけど、最近犬と猫の毛がいっぱい抜けて大変です。毛が服につくからっといって黒い服を買えないくらい大変です。掃除をすればいいんですが、毎日掃除をしてもどうにもなりません。常にガムテープで服をぺたぺたしてます。

そこで質問！

私よりいっぱいペットを飼っているばななさんはペットの毛についてはどうしていますか？

(2003.05.14－こころ)


毛だらけで暮らしています。外に出ると、一気にみすぼらし度が増して、情けないですけど仕方ないです。よく赤子の口からも毛が出てきて、消毒とかばからしくなるほどの暮らしです。やっぱりあのコロコロがいちばんよく取れますよね、消費もすごいけれど。そしてきれいにコロコロして、車に乗ると車の中の毛で結局みすぼらしくなるわけです。

(2003.05.17－よしもとばなな)


復活していたんですね、嬉しい……。無事御出産、おめでとうございます！　これからの日記が、ますます楽しみです。

『ハゴロモ』すごく好きです。縮こまっていた気分が、じんわりほどけていくような感じでした。今、私が働いているバーでは、サッポロ一番出してます。ごめんなさい、ぱくっちゃいました。

げでいい小説になったので、よかった。

(2003.05.15－よしもとばなな)


おめでとうございます！

妊婦になりたての頃たまたまＨＰを見つけてから４キロベイビーを産む心構えの参考にさせてもらっています！ （９ヶ月前半で推定2.6キロと言われたので、、さらに頭の大きさのみ平均の枠から出てる上に、体重も17キロ増えたので産むのが怖いですー！）

質問です！

６／７が予定日なのですが、陣痛の時と入院中それぞれおすすめの本またはマンガを教えてください!! （自分はいつもトイレや生理痛の時本で気を紛らわして痛みを逃してるので持って行こうと思ってるのです）

もちろんばななさんの自選選集は持って行きまーす！

(2003.05.13－くりゆず)


帝王切開になるかもね〜、ふふふ。

でも、絶対に本能でなんとかなる！ 無事を祈ります。

それはいいんだけど、私の本なんて、読むの無理だよ……。きっと。

「板谷バカ三代」とか、読みやすい本がいいっすよ。春菊さんの「私たちは繁殖している」はもう参考書としてぜひ。翌日から使えます。そして私はなぜか平松洋子さんのエッセイがいちばん読みやすかったです。論外なのは姉の差し入れのモーニングとスピリッツ各十冊というもので、モーニングはともかくとして、スピリッツは、産後の血だらけの時に、キャバクラだホストだセックスだ寝取っただって、なんていうか、空しかった……。それから医者も助産婦さんもなぜか「あれ？ こういう

久しぶりだな！　もっこりだぜ！

それを言うなら、私にはのび太がコナンだったのです〜。ドラえもんってあんまり見てなくて、後から見たから。

私、ミルクチャンを高校生くらいで見たかったな。人生楽だったかもしれない。

(2003.05.15－よしもとばなな)


ふふふ、復活してるぅ！

ばななさんの日記を読んでいて、なんでこの日記を書いているのかという事が話題になってましたが、とにかく私にとって、寝る前にお酒を飲みながらばななさんの日記を読むことは、ほんとに鶴光のオールナイトニッポンだと思われ、感謝しております。それを伝えたいなあと思っていたらＱ＆Ａが復活していて、とてもうれしくなりました。

そして質問しなくては……。

忌野清志郎さんは子供ができた時「もう歌が書けなくなる」とあせってたくさん作曲したそうですが（実際はそんな事なかったわけで）ばななさんは子供が生まれる前とかにあせってなんかしまくった事はないですか？

(2003.05.14－じみへん)


そんな名誉な！　鶴光のあの番組だけが人生の暗さを吹き飛ばしましたよね！　すごいことだ！　よし、続けるぞ〜。

で、あせりましたよ、私は。あせって短編集を仕上げました。どうしてかというと、産後の作品のムードが変わって統一感に欠けたらどうしよう、と思ったんです。もういつ産まれてもおかしくないときに徹夜で書いた「デッドエンドの思い出」という小説、もう全てを清算したって感じです。

そして……実際なにも変わらなかったです。でもあせったおか

した。話しかけはすごくしました。案外、通じるので面白かったです。でも全体的にストレスが多くて悪かったな〜と思っています。かなり、普段通りに過ごしたほうではないだろうかと思います。

(2003.01.13－よしもとばなな)


わあ、こっそりともっこりと復活するなんて、素敵すぎです！

まだ気付いてない人がたくさんいそうで、得した気分です。

この前やってたＮＨＫでのコナンの特集での、ばななさんのメッセージはすごかった！

加賀美幸子さんの読むばななさん独特の文体は、なんかものすごくありがたくって、笑ってしまいそうになるくらい感動しました。すごい光景でした。

僕はリアルタイムではコナンを見てなくて、大人になって初めてちゃんと見たのですが、その時コナンの声がどうしてもドラえもんののび太の声に聞こえてしまい、物語にすんなり入って行けませんでした。だってあの声はすでにのび太の声としてインプットされていたので。せっかく物語にハマりかけた時に「でも、のび太……」という冷めた大人の自分の声が囁いて、だいなしでした。ドラえもんより先に見たかった……。

ばななさんは、大人になってから見たマンガやアニメで、これは子どものうちに見たかった！ というものはありますか。


これからもねたみやひがみなんかに負けないでがんばって書き続けてください！「デッドエンドの思い出」って、わけがわからないけどなんだかすごそうなタイトルで、すごい楽しみです。

(2003.05.13－ドリオ)

ろで混ざり合っていると思っていますよ！

(2003.01.03－あば野郎)


この場合、文章先行だったので、すごく楽でした。というか、奈良くんの場合は、どうせ何を書いても合うし、そのせいですごく自分が透明に、謙虚になれるので、いい勉強になります。今回はデザインの力も、すごく大きいと思う。あと、英語の感じもすごく重要。それを現実に持っていく編集の人の力もすごく必要だった。全員が同じ力を出しあったな、という感じです。

(2003.01.08－よしもとばなな)


ばななさん、こんにちは。遅くなりましたが、明けましておめでとうございます。

ばななさんと同じ、妊婦だった友人が年末に女の子を無事出産しました。とってもかわいいお顔で、きっと美人になるんだろうな。と嬉しくなってしまいました。友人の子供を見るのは、まだ二人目なのですが、こんなにかわいいと思えるのだから、自分の子供ってどんなにかわいいんだろう！　と今から思ってしまいます。もちろん、今のところ全然予定はないんですけど……。最近、そんな友人の影響を受けてか、とっても妊婦ライフにあこがれています。

ばななさんは、胎教とかって何かされましたか？　それとも、特に胎教とは考えずに話し掛けたり、普段の生活をするだけでしたか？

それでは、2003年が、ばななさんにとって素敵な年になりますように。それから、元気な赤ちゃんが生まれますように。

(2003.01.10－プニプニひめりんご)


特にしていないけれど、景色のいいところには行くようにしま何かそんな優しいひとの優しさに気付くどころか、ひどいことをしてしまったような感じが私を原点に帰してくれるからです。

真人間にならなくちゃ、と。

よしもとさんはそんな「田所さん」のようなかたをご存知なのですか。

無事に出産ができますようにお祈りします。

(2003.01.02－松原小梅)


いや、私は東京にいましたが、スターには会いませんでしたよ！

田所さん、前バイトしていた会社には似て非なるものがいましたね……。「この人、なんのために会社にいるんだろう」という人。でも、そういうのが会社というもののよさなんですよね。

台湾なんかにいくと、本当に近い感じの人が、いるように思います。品がよくて、まじめで、朴訥で、どこかとんちんかんでも自分なりの人生をこつこつと歩んでいるおじさんが。

(2003.01.07－よしもとばなな)


konbanwa！

「アルゼンチンババア」読みました。今英語のほうをかっこつけて音読してみてるところです。でもやっぱり英語はさっぱりです。でも楽しいです。

質問です。

奈良さんとのコラボということですが。絵と文章って、良くも悪くも、とっても難しい関係だと思うんですが、どうでしたか？

自分の描いた世界、奈良さんの描く世界、読者に伝わる世界について。コラボを通しての感想がきけたらうれしいです。

でもあたしは、このアルゼンチンババアは、ちょうどいいとこらないということです。その手間が平気な人はいいですが、私は忙しいので、少なくしたいのです。

そして、家賃を払うのが無駄だから買うという発想、すごく合理的に見えてそうでもないのです。もちろん計算はきちんと具体的にしたほうがいいですが、賃貸のメリット（大家さんがいる、地域の行事に参加する責任がない、保険などが楽、安全、家の手入れをしなくていい）を今、目いっぱい受け取ってるわけですし、いつでも引っ越せるという自由もお金で買っているわけです。

それに今、たとえ二十万の家賃分を何年間貯金しても、意にそう家を購入するのはむつかしい（ローンなら別、頭金くらいにはなるが、東京では特にむつかしい）わけです。

全てはそのへんのバランスだと思うのです。

(2003.01.05－よしもとばなな)


よしもとばななさんこんにちわ。

私が小学生の頃、住んでいたところがすごい田舎で、しかも離島だったんです。

ですから作りたいお菓子の材料が揃わなかったり、歯が痛くても金治水で我慢したり、まして芸能界のスターなんか高校を卒業するまであったこともないので、こんな風に大好きな作家のかたに直接お手紙を送れるなんてありがたい時代だと思います。

私はよしもとさんの作品は全部読ませていただきました。どれもこれもすべて大好きです。その中でも不思議な感じを受けるのが、「田所さん」です。

彼のような人は滅多にいないですよね。でもどこかで会ったような気がします。遠い記憶の中で。なくなったおじいちゃんなのかしら？　それとも夢の中？　何度でも読めばはらはらと涙がこぼれおちてしまいます。

あっというまにはまってしまいました。やはりばななさんの文章はよい……。

特に、近頃フランスでエスプレッソに魅せられ、つい昨日マシンを買って初めてのエスプレッソを自分で入れた者には、なかなかの衝撃でした。『おいしい』とすぐ言えなかった理由が、今はわかる気がします。でもしばらくマシンでがんばります。

話題は変わるのですが、「バナタイム」のお家の話を読んでいて、考えてしまいました。この間私も結婚し、賃貸住宅に住んでいるのですが、お家賃払うのがもったいない。買おうか。という感じになっています。しかしばななさんのエッセイを読んでいたら、「私も突如引っ越しとかしたくなるかもしれないな」と思いました。それに、今まで飼ったことはないのですが、犬や猫が飼いたくなるかもしれない。まだ子供もなく、できるかどうかもわからないけど、出来たら間取りなんかの意識も変わるかもしれない。そういう自由さを、残しておきたい気もする。でも、この間にも月々の家賃は無情に消えていく。資産にしたい。おばあちゃんになったら、困るかも。

へんな質問なのですが、どうもこれは現実的、経済的とかいう枠を越えて、気持ちに大きく関わることのような気がして。

ばななさんは家買ったことがありますか？　どんな気持ちが、決め手になったのでしょう。

長くなってすみません。どうぞよいお年をお迎えください。

(2002.12.30－ビール部副部長)


あって、失敗したことがあるから言えることがあります。それは、人生の型がある程度決まるまでは（ペットの有無、旅行は多いか？　買い物をまめにするほうか？　地元は好きか？　そして収入はどのくらいか？　何に耐えられ何に耐えられないか？）、家を買うとまた引っ越すことになり、売らなくてはな

今はとにかく新しいことに入っていく楽しみでいっぱいです。

(2003.01.01－よしもとばなな)


こんばんは。お体の具合はいかがですか？

今日は初雪が降りとても嬉しかったです。そちらは雪は降りましたか？

今日はとてもステキな事があったのでご報告します。わたしの描いた絵が来年切手になる事に決まりました。この受賞は、今年のわたしの生活の中で偶然が何度も何度も重なって生まれたものだったので、ほんとに人生の不思議を感じます。ばななさんの小説みたい……。なんて思います。

では質問です。一枚の絵を観て物語が出来る事はありますか？

音楽を作っている人が、絵から曲が生まれることがあると言っていたので、小説でもそれは可能なのでしょうか。想像の世界は無限ですよね……。ではまた。

やっとメールを送ることが出来て嬉しいです。お元気で。

(2002.12.28－夏木)


それはすてきなことですね！

雪は降ってました。外に出られません〜。

私は音楽からっていうのはあるんですが、絵とか映像からはなぜかないんです。多分イメージが限定されるからではないかと思うのですが。そして多分目が見えなかったこととすごく関係があるのではないか、と思います。

(2003.01.03－よしもとばなな)


ばななさん、こんにちは。初めまして。

「GINZA」での連載、知らずにいたのですが、原さんの個展にいって「バナタイム」の絵が好きで本を購入し、読んだところ

おはようございます。これから仕事……の前に送信しちゃいます。

やっと『アルゼンチンババア』をゲットしました！　田舎だから入荷が遅い！　なのでインターネットで注文しちゃいました。田舎者には良い時代です。

私がばななさんの本に出会ったのは中学校の頃です。それ以来、全部の本をゲットしています。何年かおきに、何度も読み返してますが、その時々で好きな作品が変わったり、新しい発見があって、飽きずに何度も読んでいます。

私も今年の秋に結婚して子作りの最中です。なかなかヒットしませんが……。

ところで私は昔から漠然と自分が親になるのに不安があります。子供の将来または人生は親の育て方次第な様な気がして……『大それた事だ！』と思っています。

ばななさんは『こんな親になりたいなぁ』というイメージまたは『こんな親になるだろうな』という予感はありますか？

ではあともうちょっとのタマゴあっため期間を楽しんでください。ではまたメールします。

(2002.12.27－海苔)


ありがとうございます。そういう人あっての私です。

もちろん私も不安でいっぱいですが、とにかくいろいろなことに必死にはなっても、あくせくしたくないというのが最優先事項です。そして、大なり小なり、自分の親に似てしまうのだろうな、という気がします。

Q & A

あとがき

今読み返しても陣痛の思い出でおなかが痛くなってくる上に、読めば読むほど文学的価値がゼロなこの日記です。特別脳みそが働かなかった時期みたいですね。

でも、自分の成長というか、あつかましくなりかたがわかって面白かったです。産む前はいろいろびくびくしているから、ほんとうに細かいことをあれこれ考えていたな、と思いました。

出産は自分を三段階くらいいきなり、無理やりに、押し上げる大事業だという気がします。今の私は、ずるしてカンニングで百点とったあとに、帳尻《ちょうじり》を合わせるために毎日勉強しているような気分です。そのくらい、急な成長が求められる体験でした。

そして、子供を育てることは、とにかくひたすらに面白いです。

この時期、いつでも乳の出しすぎで貧血で頭がくらくらしていたけれど、書き残しておいて（たとえ文学的価値がゼロでも）よかったと思いました。いつか、子供や子供のガールフレンドが読んでくれたらと思います。

私は決してお産に関して優等生ではなかったかもしれないけれど……運動不足だったし、結局促進剤を使ったたし、麻酔も喜んで二本打ってもらったたし、すごい難産だったし、いっぱい泣いたたし、産後すぐに、肉まんだのいよかんだのいけないものをいっぱい食べてるし……優等生だったのは8キロしか増えなかった体重だけ！　それでも無事に子供が産まれて、そしてみんなちぐはぐで忙しくて不恰好《ぶかっこう》な毎日でも、みんなで生きている、このことがいちばん大切だと思います。もしもこの本が、私みたいに不器用な妊婦さんの心を少しでもほっとさせるといいと思います。

出産とその後の歩けない育児を助けてくれた入野慶子さん、なっつくん、最愛の夫ヒロチンコさんに、心からの感謝を捧げます。

この本に関わった全《すべ》てのスタッフにも！

そして、今回は特に痛そうで、暗くて、全然面白おかしい巻ではなかったけれど、読んでくださった全ての人に「ありがとうございます」と言います。

2004年4月

よしもとばなな

本書は新潮文庫のオリジナル編集である。

こんにちわ！ 赤《あか》ちゃん

— yoshimotobanana.com 4 —

新潮文庫　よ - 18 - 10

平成十六年七月一日発行
平成十七年二月二十日六刷

著者　よしもとばなな
発行者　佐藤隆信
発行所　株式会社 新潮社
郵便番号　一六二―八七一一
東京都新宿区矢来町七一
電話　編集部(〇三)三二六六―五四四〇
読者係(〇三)三二六六―五一一一
http://www.shinchosha.co.jp

価格はカバーに表示してあります。

乱丁・落丁本は、ご面倒ですが小社読者係宛ご送付ください。送料小社負担にてお取替えいたします。

印刷・錦明印刷株式会社　製本・錦明印刷株式会社

ISBN4-10-135921-0 C0195